九九 著

壁上冬夏

人民文学出版社　天天出版社

图书在版编目（CIP）数据

壁上冬夏 / 九九著. -- 北京：天天出版社，2025.8.
ISBN 978-7-5016-1480-6

Ⅰ.Ⅰ247.5

中国国家版本馆CIP数据核字第2025DX1368号

责任编辑：王　苗　　　　　　美术编辑：林　蓓
责任印制：康远超　张　璞

出版发行：天天出版社有限责任公司
地　址：北京市丰台区右外西路2号院　　　　邮编：100069
印　刷：河北博文科技印务有限公司　　　经销：全国新华书店等
开　本：880×1230　1/32　　印张：6.5　　插页：4
版　次：2025年8月北京第1版　　印次：2025年8月第1次印刷
字　数：121千字

书　号：978-7-5016-1480-6　　　　　　　定价：28.00元

版权所有·侵权必究
如有印装质量问题，请与本社市场部联系调换。

目录

上卷 夏

一　雹子天　　　　　　　　　　2
二　草图　　　　　　　　　　　16
三　长腿梯　　　　　　　　　　25
四　笔尖上的稻田　　　　　　　34
五　树上的男孩　　　　　　　　49
六　如约而至　　　　　　　　　60
七　瘦河和它的儿女们　　　　　70
八　一片好大好大的树叶　　　　88

九 侏红小蜻	96
十 毁灭	101

下卷　冬

一 扇子上的小河	110
二 七星生态园	116
三 一幅钢笔画	132
四 新的问题	151
五 群鸟飞上墙	156
六 坠落	166
七 消沉	171
八 三个臭皮匠	176
九 孙叔叔的"魔法"	184
十 童话草莓园	194

上卷　夏

一　雹子天

雹子呼啸而来。

天空不再是圆的，黑色的云朵盘踞在它的腹地，将它挤压成一只面目狰狞的巨兽。雷接连吼了几声，雹子便更加迅疾猛烈地扑落下来，还扯出了大风大雨。霎时，天地乌黢麻黑，好像要塌了似的，村里的田野、房舍和草木也陷入无边的暗黑之中……

宋苇杭站在窗前，瞪大眼睛看着外面的世界，不禁心惊肉跳。长到十一岁，她可从来没见过这样恐怖的景象啊！这就是传说中的雹子天吗？雹子为什么要和夏天的暴雨一起来到人间？

"小杭，哥哥回来了吗？"爸爸开着采收机湿淋淋地回来了。他一进屋，就急吼吼地问。

"没呢。"宋苇杭扭过头，看见一个板栗大小的雹子停在爸爸的领口处，不由惊呼一声，"哎呀，我的天！"她伸手去捉那雹子。谁知，雹子已骨碌碌地滚落在地，和灰土裹在了一起。

"哥哥不会有什么事吧？他会不会被雹子砸伤？"宋苇杭的心里七上八下。

"怎么会？别瞎想……"爸爸绷着一脸紧张，只说了六个字，就拿起车钥匙往外冲去。他身上的短袖衬衫已湿透了，乱蓬蓬的头发上还赖着几颗顽固的小雹子。

爸爸这是要去哪里？是要去找哥哥吗？

宋苇杭猜想，这会儿哥哥可能正从镇上的快递点往回赶。出门时，天气还好好的，太阳如盛夏的徽章，白飒飒地别在天上。只是远处的天边闷雷滚动，乌云在激烈的碰撞中，擦出一道道夺目的"横闪"。当时，爸爸就觉得天气不对，劝哥哥明天再出去，可哥哥倔得像头牛，非要马上去。他说是个很重要的快递，必须尽快取回来。谁知刚出去不久，老天爷就翻了脸。

唉，这鬼天气……宋苇杭心里愁云滚滚，她好担心哥哥啊！

走到门口，爸爸和刚迈进大门的妈妈撞了个正着。妈妈身上披着一张黑色的塑料纸，头上缠着一个黑色方便袋，乍一看，像个黑女巫。最近，妈妈在村里的农产品合作社干些整理和包装的活儿，每天早出晚归，累得腰酸背痛。爸爸让她别干了，她却说："我们家的活儿都让你和机器干了，我闲得慌，就当出门运动了，再说整个村子里，有谁是闲着的？我可不能让自己闲得生锈。"按照以往的规律，妈妈一般要干到傍晚六点多才会回家，可能是因为天气突变的缘故，今天提前回来了。

"你这是要去哪里？"妈妈问。

"接儿子。他还没回呢！"爸爸说着，快步钻进了门口的汽车里。

"啊……还没回？"妈妈呼地一下掀开方便袋，露出一张发黄且惊讶的脸——这张脸已被岁月之手揉搓成了一块满是褶皱的苎麻布。"可是，他出去时不是骑着你的小三轮吗？那小三轮怎么办呀？"

"管不了那么多了，先把儿子接回来再说。"爸爸的脑袋在车窗那儿晃了一下，窗子便升上去了。

"路上小心点啊，天气坏，视线差，千万莫出什么事……"妈妈还在屋檐下唠叨，爸爸的车已启动了。

可让人没想到的是——不到十分钟，爸爸又开着车回来了。在他的车子后，一辆小三轮正哐哐当当地驶过来。

妈妈探头看去，坐在三轮车驾驶座上的正是他们的儿子宋望舒。他像一只落汤鸡，浑身上下滴着水，近视眼镜后的睫毛上挂着雨珠，眼睛眯缝着，好像睁不开了。最好笑的是，他的脑袋上竟然扣着一个不知从哪里捡来的旧钢精锅，一堆黄豆似的雹子正在锅底上噼里啪啦地乱跳呢。

见到儿子这模样，妈妈心疼极了。她刚要责备丈夫怎么没把儿子弄到汽车上去，就听丈夫说："这犟牛，不肯上车，非要自己把三轮车开回家不可！"

宋苇杭看到哥哥滑稽的样子，忍不住哈哈大笑。本来她还担心雹子砸伤哥哥的脑袋，但看看那个不大不小、扣得稳稳当当的钢精锅，她就知道雹子不是哥哥的对手了。

宋望舒停好车，就火急火燎地去车厢里搬东西。

妈妈在一旁急得直搓手："哎呀，又是雹子又是雨，你这孩子，等会儿搬不行吗？瞧瞧这天坏的——"

"妈，这些东西可都是宝贝，有些是不能长时间泡在水里的，不然就废了。"宋望舒说着，掀起眼镜，抹了一把满脸的水珠子，然后弯腰搬起一个硕大的纸盒。那纸盒被水泡得软不拉耷，像一堆烂泥巴，他刚搬起来，旁边就裂出一道口子，眼看着里面的东西就要哗哗往下滚。

爸爸见状，赶紧从车里钻出来，冲过去帮忙。他俩合力兜住里面的东西，总算将那个破纸箱救进了屋。然后他们又去搬剩余的纸箱。雹子和暴雨似乎不服气，联手追赶、击打着他们，雷声也过来凑热闹——轰轰隆隆，噼里啪啦。他们并不理会，只是一个劲儿地搬啊搬。宋苇杭看到哥哥身上满是泥水，白净而瘦削的脸上沾着黑乎乎的泥点子，连眼镜上也有，钢精锅帽歪到了一边，露出一团湿答答的乱发，那样子可真狼狈。

宋苇杭目不转睛地看着哥哥，感觉他好像变了一个人。哥哥在省城上大学，学的是美术专业，平日里最注重的便是自己的形象——头发总是干净蓬松，衣服和鞋子也要时尚整洁，用妈妈的话说，就是个外貌协会的会员。他不爱操心，也不是那种吃苦耐劳的人，可现在，他居然为了这些东西，整个豁出去了。有个瞬间，宋苇杭从叮叮咚咚的雹子声里，好像听到了战斗的号角，她也想冲到外面去帮忙，但狂风一阵比一阵紧，惊雷一声比一声响，再看看黑沉沉的天空和子弹似的雹子，她打了个哆嗦，还是当了缩头乌龟。

哥哥搬回的宝贝到底是些什么呢？宋苇杭满心期待。

当所有的东西搬进屋后，宋望舒拿掉头上的钢精锅，把纸箱一个个打开，又把里面的东西一样一样清理出来。宋苇杭伸长脖子看，原来是一些粉笔、勾线笔、刷子、调色板、颜料，还有各种型号的排笔……真是五花八门。甚至还有一支像枪一样的东西，宋苇杭从未见过。

"哥，这个是干吗的？不会也是用来画画的吧？"宋苇杭指着那个东西问。

宋望舒咧嘴一笑："哈，让你猜着了！这是喷枪，还真是用来画画的。"

"画画？用喷枪画画？闻所未闻哦！"宋苇杭的眉峰蚂蚱似的蹦跶了一下。

"哈哈，孤陋寡闻！知道吗，墙壁上的巨幅画，还真得这个大家伙才能拿下！"

"啊？"宋苇杭忍不住叫了一声，难道哥哥真的打算在墙壁上画画？她忽地想起前几天发生的一串事——

当时，哥哥刚放暑假回来，就说要在村子里转转。宋苇杭理所当然地做了跟屁虫。

村里的小路虽不够宽阔，但修成了平坦光滑的水泥路，路边围上了栅栏，栅栏里栽着仙樱花树，树下种着成片的百日草。现在正是百日草开花的季节，五颜六色的花朵簇拥在一起，好像给乡间小路戴上了迷人的花环。越过花朵，目之所及，皆是田野。田野里，玉米棒子的粉红胡子已经转为黑褐色，早熟的稻子也被夏日的阳光染成了金黄。风踮着脚从田野深处走来，带来了一簇簇新鲜的香气，那是各种植物的草叶、花朵、果实和泥土混杂在一起的味道。

骑行在这样的小路上，哥哥十分愉悦，吹着悠扬的口哨。小路像一根经脉，一头通向茂密的村舍，一头直达村里的柏油马路。柏油马路连接着外面的世界，偶尔会有摩托车、自行车，或是运输粮食和蔬菜的大卡车经过。当他们走到小路尽头时，竟然遇到村里的凤英婶婶，令人大跌眼镜的是，她正在吭哧吭哧地挖田边的一棵仙樱花树苗。问她为什么要挖，她说这棵小树早晚得长大，等它长大时就挡她家地头的阳光了。宋苇杭和哥哥劝她不要这样做，可她执拗得很，怎么劝也不听，这让哥哥欣赏美景的兴致大打折扣。他的火气一下子蹿上来，狠狠指责了凤英婶婶。凤英婶婶也不是省油的灯，她的泼辣劲儿在村子里是出了名的。她哪里受得了这番指责，不但不听，反倒把哥哥臭骂了一顿。哥哥急得眼睛都红了。如果不是宋苇杭死死拽走他，真不知道会发生什么事。

　　哥哥无精打采地骑着车继续往前走，直到嘎嘎桥出现，他的心情才由阴转晴。

　　嘎嘎桥是一座在风雨中飘摇了上百年，后来几乎散架的老桥，也是他上小学时每天都会走的桥，如今不仅被修缮一新，桥的边缘还装上了护栏。栏杆上挂着竹篾编的花篮，花篮里面种着四季海棠，火一样红。哥哥的眼睛里燃烧着惊喜，像个兴奋的小孩在桥上奔跑起来。可是跑着跑着,却一个急刹,站住了。他定定地看着桥下,好像被什么攥住了眼球。

宋苇杭顺着哥哥的目光看过去,发现桥下一片狼藉:腐烂的包菜、茄子、辣椒堆成一座小山,几乎霸占了大半条人工河,河里的水淤积在此,与垃圾混合在一起,散发出阵阵恶臭。更令人恶心的是,整条河道的水都黑漆漆的,细细一看,河边竟停歇着密密麻麻的苍蝇。很显然,苍蝇们被人们扔下的生产垃圾吸引了,把这儿当成了它们的乐园。这和嘎嘎桥上的风景相比,一个是天堂,一个是地狱。

正当他们目瞪口呆地看着这一幕时,村里的富贵大叔推着一车白菜过来了。走到桥边,他熟练地抬起手推车的把手,想把车里的白菜掀到桥下。哥哥极力制止,也无济于事。富贵大叔说:"有什么大惊小怪的,我们一直都这样倒,辛辛苦苦种的菜卖不出去,难道要让它们烂在地里吗?"语气里尽是火焰。

哥哥无可奈何。他大概是不想再次和别人发生冲突,只好咬紧嘴唇。身旁的人工河静静的,像死去了一般,黑色的液体沉默着,在阳光下闪着一丝虚弱而苍白的光。这让宋苇杭的心也渐渐淤堵了。住在雎鸠河一带的人都知道,这条河以前是活脱脱的,里面的水和婴孩的眼睛一样清亮。下雨的时候,河水哗哗地流,像在雨雾中歌唱。干旱季节，人工河里的水会干枯，但雎鸠河里的水会被引流到这儿，叮叮咚咚地奔跑。对了，雎鸠河里的鱼虾也会凑热闹似的跑进这条人工河。那时候，哥哥和村里的小伙伴们会比过年还快活，忙着在水里游泳、打水仗、捞鱼、捉虾。可现在……

"有人在建设，有人在破坏，他们知不知道这意味着什么！"哥哥看着这条已经不能称之为河的河，叹着气，"唉，其实真正可怕的不是一两个人的乱扔乱丢，而是一大群人的习以为常……"

听着哥哥的话，再看着河里的黑水，宋苇杭的心里也黑沉沉的。

顺着人工河没走多远，他们又有了一个"新发现"，让他们不禁倒吸一口冷气：人工河污染的罪魁祸首不仅仅是那些生产垃圾，还包括一个养猪场。这个养猪场坐落在河边，他们还没靠近，便嗅到了熏天的臭味。放眼望去，聚集成团的蝇群犹如黑色炸弹。宋苇杭一见，便像见到了鬼似的捂着嘴逃到了一边。哥哥却冒着"枪林弹雨"朝着养猪场飞奔而去。在那儿，他看到牲畜的排泄物被一个露天大池子盛着，毫无遮拦，没有及时清理，真是令人触目惊心！

就在他看得皮肤发麻、心跳加速时，一个小伙子从养猪场附近的农舍里走过来,冲他叫道:"嗨,老同学,是不是很吃惊?你瞧,我们一家就是在这样的环境里生活呢,过的日子连猪狗都不如。"

哥哥推了推鼻梁上的眼镜,立马认出这个昔日的同窗——朱文浩。朱文浩没考上大学,高中毕业后在外地打工,只是偶尔回家小住。他说他最受不了的是这里的苍蝇,每次回来,屋里的桌子、椅子、床、柜子、墙壁、窗帘……甚至碗筷上都会落一层苍蝇,屋外的苍蝇更是铺天盖地,网子挡不住它们,农药也杀不绝它们,风一吹,空气里全是大粪的味道和苍蝇的嗡嗡声。这样的环境简直让他发疯,如果不是因为父母在这里,他一天都不想回来。

这个养猪场是前年才办起来的。自从有了它,这儿的空气、水就被污染了。村里人也尽量不朝这边走。如果非走不可,会从旁边的路上绕个弯儿。而哥哥上了大学后极少回家,所以根本不知道村里还有一块这样糟糕的地方。

"跟有关部门反映过吗?"哥哥问。

"向环保局的领导反映过很多次,也跟村领导投诉过,可是一直没法解决。他们要求养猪场的责任人进行整改,否则停办。可负责养猪场的赵老三是个只上过小学的大老粗,寻死觅活地闹腾,就是不配合。谁也拿他没辙啊!"

宋望舒好像吞了一只死苍蝇似的,眉头紧紧地蹙着。

他没心思在村子里继续转悠了,低着头闷闷地骑车往回家的方向走。宋苇杭问他在想什么,他也一声不吭。其实,那一刻,他的心里翻江倒海。被连根拔起的仙樱花树,嘎嘎桥下的垃圾,养猪场的蓄粪池和苍蝇……它们一起涌向他的大脑,在里面盘旋、碰撞,发出震耳欲聋的声响。

快到家时,他忽然说:"村子是否美丽不能只看表面,还应该看它骨子里的东西。我想好了,我要在村里画画,把这里的美景画到墙上去,让大家发现身边的美,并慢慢学会爱它、呵护它!这也是我唯一能做的。从现在起,我要为此做准备了。"

莫非这就是哥哥做的准备?宋苇杭盯着地上的喷枪,回想着那天的情景,忽然间明白了哥哥的心思。

"舒儿,你怎么又买这么多画具呀?吃不得也喝不得,还费钱!"妈妈走过来,扫了一眼地上的东西,嘟哝着。她是个实用主义者,因为小时候吃过很多苦,买任何东西时都要先掂量一下是不是有用处。

"当然是画画呀,妈,瞧您这记性,真是健忘得可怕啊,又忘了您儿子是学什么的了。"宋望舒故意打趣。

说起这个,妈妈就有些恼火——当初,她并不主张儿子学什么美术,她觉得这是个烧钱又不靠谱的专业,还不如念个医学或者师范什么的来得实在。可是宋望舒拼了命地要学这个,而她的丈夫在这件事情上也和儿子站在了同一战线上。没办法,她只好勉强同意。可是,毕业了该干什么呢?不是所有的美术生都能成为画家啊,也不是所有的画家都能靠画笔养活自己的。想到这些,她就头疼。

"在学校画,回家也画,究竟能画出什么名堂来嘛!"妈妈嘀咕,"还不如把时间用在平面设计上,大学毕业时往这个方向考研。"

"我喜欢画画,从小就喜欢,您知道的,我并不想做其他事……"宋望舒的声音有些蔫,妈妈老是说这种打击性的话,真让他没法接招。

妈妈还想说什么,爸爸赶紧抢过话茬儿:"孩子喜欢什么,就让他喜欢去吧,绑了翅膀的鸟儿没法飞上天空,系了绳索的鱼儿没法游到大海。咱们只有放开——大胆地放开,他才能飞得更高、游得更远啊!"

"你每次都这么说!还飞高游远,飞哪儿去?游哪儿去?……"妈妈越说越激动,"哼,别以为我不知道,你以前也异想天开地想当个什么画家,这辈子没法圆梦了,是吧?自己的梦瘪球了,就把希望寄托给下一代,没见过这样当爸的……"

爸爸摊开双手,一脸无辜:"问题是咱舒儿自个儿喜欢。他发自内心地喜欢,你明白吗?我承认我也喜欢过画画,但这是两码事。两码事,你明白吗?"

"哼,光喜欢有什么用?画画,能画出什么名堂来嘛!"

"怎么没有名堂?那齐白石、郑板桥没画出名堂?"

…………

"好了好了,别吵了,我脑袋都大了。"宋望舒使劲儿压住突突往外冒的火星子。他很厌烦听到这种毫无意义的争执。本来他还想宣布一下他伟大的壁画计划的,可看看妈妈那张半是霜花半是火焰的脸,便什么也不想说了。

宋苇杭悄悄问哥哥打算在哪儿的墙壁上画画。宋望舒说还没有想好,但一定得是很醒目的墙。宋苇杭眼珠子骨碌碌一转,说:"哥,我倒是知道一个地方。村里的小学,你还记得吧?没有比那儿更好的地方啦!"

"不是早已废弃了吗?村里的小孩越来越少,都集中到乡里的小学去念书了。那儿可能早就残垣断壁、荒草连天了吧!"宋望舒说着,叹了口气。

"不对!这只是以前的样子,你不知道,现在它变成了村里的文化长廊。荒草除了,房子也修缮了,还建了个书社。听说还要请城里的画家来画壁画呢!"

"文化长廊?壁画?"宋望舒的眼睛仿佛被火柴头擦亮了。

可是下一秒，宋苇杭却冷不丁地泼了盆冷水。"哥，村主任会让你画吗？我听村里人说，他们是要请城里的画家来画的，你又不是画家。"

宋望舒先是一愣，但很快就一甩额头上的刘海儿，自信满满地说："哈哈哈，虽然你哥我现在还是个无名小卒，但将来说不定就成了大画家呀。事在人为，只要用心，就没有干不成的事！"

....

不知什么时候，大风停歇了，雹子不见了，雷雨和闪电也缓缓收兵。眨眼间，一片明亮的蓝拨开云层，从门口的那方天空中露出来。蓝越来越大，像一滴浸了水的颜料，在宣纸上晕染开来。蓝，变成了一朵明亮的花，赶走了乌云，也驱散了可怕的黑。

天空归于安宁，人间归于寂静。

宋望舒望着那方天空，久久地望着，直到那片蓝慢慢地渗进心里，直到心的深处也开出一朵明亮的蓝花，他才收回目光。

二　草图

第二天，太阳像个火炉子，在苍蓝的天上缓缓滚动。炉子里的火泼到了人间，在村子里哧哧地燃烧。还只是上午，大地上的草木已被烤出成片的焦渴，阳光下劳作的人们也被烤得大汗淋漓。

一大早，爸爸就出门了。最后一片早稻还立在地里，他得开着他的"大力士3号"去把它们收回来。现在，他是村里的种粮大户——近些年，年轻人都到城市里谋生，老人们种不动地了，就把地出租给有农业机械的人。爸爸陆陆续续收租了八十多亩地，种植的作物种类也日渐丰富。他索性买了旋耕机、播种机和收割机等大大小小的农业机械来对付偌大几片地。这些农业机械真是威猛，除了漂亮

二 草图

地完成自家地里的任务，还帮不少农户解了燃眉之急。爸爸给这些农业机械分别取名为"大力士1号""大力士2号""大力士3号"等。一到播种和收获的季节，爸爸就整天整天和他的"大力士"们在田野里并肩作战。

妈妈照旧去合作社干活儿。她是个勤快得像小蜜蜂的女人，每天都起得很早，出门前还会准备好丰盛的早餐放在保温炉里，嘱咐孩子们早点起来吃。但是，平时上学必须早起的兄妹俩就好像要追回之前欠下的瞌睡债似的，总要争分夺秒地睡，睡得屁股都快被太阳烤煳了还不肯起床。妈妈的声音由远及近，又由近及远，最后在他们含含糊糊的梦呓声中化为耳畔的一阵风，消失了。

这天早晨，宋苇杭破天荒地起了个大早，却发现哥哥的床是空的，人已经不见了。

宋苇杭很惊讶，急急忙忙地寻找。找了房前找屋后，还去睢鸠河边找了一圈，一无所获。

哥哥会去哪里呢？他干什么去了？

不会是迫不及待地去实施他的壁画计划了吧？

宋苇杭坐在屋檐下，揪着长长的麻花辫子，胡思乱想。她没注意到，一个头发蓬松、单眼皮、瘦高个儿的年轻男子正骑着自行车、吹着口哨、神采飞扬地从门口的小路上朝这边飞驰而来——正是她的哥哥宋望舒。

直到自行车嘎吱一声停在她面前,宋苇杭才从思绪的泥泞中跳出来。

"哥,你去哪里了?"她噘着嘴巴,半是撒娇半是埋怨——从小当惯了他的"小尾巴",这次却被甩了,还真有些不服气。

"哈,你猜猜?"宋望舒兴致盎然地望着妹妹。此刻,阳光将他蓬松的鬈发照射得闪闪发光,也将他的脸修饰得棱角分明。

"不知道!"宋苇杭假装气鼓鼓地说。她可没心情猜,只想尽快知道这个夏日的早晨,哥哥究竟背着她干了些什么。

宋望舒只好把自己一大早去文化长廊目测,然后又去村委会说服村主任的事说了一遍。

"那儿的确是个画壁画的好地方。不过,村主任只答应我在文化长廊里先画一幅小的,如果画得好,才能把剩下的墙壁交给我。"宋望舒说着,急匆匆地朝屋里走去,"现在我可没空磨洋工,得赶紧开工了。"

"你现在就要去文化长廊吗?"宋苇杭忽地从地上爬起,追着哥哥问。

"不不不,我得先准备草图。"

"为什么要准备草图呢?不准备不行吗?"

二 草图

"必须的。墙壁上的画可不同于纸上的画,一个败笔足以毁掉整面墙壁,更何况这是我的第一幅壁画。所以,得把草图当作壁画的前奏,认真对待!"

"哦。"宋苇杭停顿了一下,但脑子里"咕咚"一声,又冒出了一个新问题,"对了——哥,你是怎么说服村主任的?""我说了一百个理由啊,哈哈哈……"宋望舒有些得意地摇晃着脑袋,"不过,一万个理由加在一起也不如它抖抖身子!"说着,他从随身包里掏出一卷纸,在空中扬了扬,"这是我这学期的新作,你要不要瞧瞧?"

宋苇杭立马凑过去,打开卷纸一看,哇,竟是一幅幅很棒很棒的水彩画。画里有鸢尾花、金盏菊、斑鸠、灰雀、狗尾巴草、毛毛虫……无论线条还是色彩,都那么迷人。宋苇杭的眼睛像被吸铁石吸住了,好一会儿才回过神来——哦,原来哥哥是用这些作品说服了村主任呀!

很快,宋望舒像个陀螺似的忙活起来。

他翻箱倒柜,从柜子里找到一沓宣纸,然后又从画具箱里找出了铅笔、画笔、颜料、颜料盘等。家里没有足够大的桌子,他干脆将一张六尺对开的宣纸往地上一铺,跪在地板上画起来。

屋子里热腾腾的,像个蒸笼。宋望舒低着头半跪着,一会儿勾勒描线,一会儿调色、上色,一会儿处理细节……

宋苇杭站在他身后目不转睛地看着。中途,爸爸上来了一次。他是接受了妈妈的派遣,来叫兄妹俩下楼吃午饭的,可是他看到儿子正全身心地投入创作时,不敢发出一点儿声音。他默默地退到墙角,像一具木偶似的站在那儿静静地看了好一会儿,然后踮着脚尖朝房门口走去……

宋苇杭想跟爸爸说句话,爸爸却把食指竖到嘴边,示意她不要出声。然后爸爸拉着宋苇杭的手,轻手轻脚地走下楼梯。在楼梯间,爸爸说:"一个人在创作时是高度投入的,我们不能打扰他!只有这样,你哥才可能成为出色的画家啊!"

爸爸心心念念他的儿子能成为一位了不起的画家,他肯定以为他的儿子又在为赢得画家的头衔而练笔。宋苇杭想了想,说:"可是这次,我哥只是想在村里的文化长廊画点壁画。"

爸爸愣了一下,但马上笑了:"在哪儿画都是画,都是有益无害的练笔,如果去墙上画,难度会更高啊!"

"文化长廊?画画?"妈妈听到了父女俩的对话,立马插了进来,"你哥干吗去那里画画啊?"

"他说想把我们村的自然美景都画到那儿的墙上去,要让村里人看到画后不再搞破坏,让这里的动物和植物都能快乐地生活。"宋苇杭实话实说。在妈妈面前,她可不敢撒半句谎。

　　本以为妈妈会噼里啪啦地说上一大堆批判的话来表达自己的不赞成，没想到她一改往日的风格，脱口而出："这个想法好，如果画画能把某些人的脑子画亮堂些，那真是太好了。"然后她又望着睢鸠河的方向，无限惋惜地说，"你们肯定不会相信，在我很小的时候，这睢鸠河里有好多好多的乌龟哩，每到春暖花开的时候，河里的乌龟就会爬上来，在岸边懒洋洋地晒花。"

　　"晒花？晒什么花？"宋苇杭疑惑地问。

　　"就是晒太阳啊，村里人的叫法。因为这条河里的乌龟都有着漂亮的绿色花纹，它们集体在那儿晒太阳，可不就是晒花嘛！"妈妈说着，眼睛笑成了月牙儿。

　　宋苇杭恍然大悟。

　　"可现在，一只花乌龟的影子也没有了。还有甲鱼啊青蛙啊什么的，也很少见了。要是它们能像过去那样成群结队地出现在河里，这条河才更像一条河咧！"妈妈满脸惋惜。

　　确实没有。从宋苇杭记事起，她就没有在这条河边见过一只乌龟，甲鱼和青蛙也极少遇见，如果能偶然撞见一只，她就会无比兴奋。妈妈的讲述让宋苇杭浮想联翩，她的眼前，仿佛出现了一只只花纹诡异的乌龟爬来爬去，一只只小青蛙蹦蹦跶跶……

之后，妈妈特意用保温桶装了饭菜，吩咐宋苇杭给哥哥送上楼，以此表达对儿子的支持。

临近傍晚时，一片"小树林"终于展现在眼前，里面每一棵树都青油油的，一群麻雀在枝头东张西望。宋苇杭叫起来："画得真棒，我认得它，它就是我们常去的那片小树林！"

可是，宋望舒并不满意。他将纸揉成一团，扔在墙角里。想了想，他又重新画了一幅，可还是不满意。渐渐地，被他扔掉的纸团都快堆成一座小山了。宋苇杭实在看不下去了，说："哥，这些纸遇到你可真够遭殃的，你究竟要画什么呀？"

"嗯，还没想好。我心里乱糟糟的……真奇怪，平时画画我可没有这样紧张过！今天是怎么了……"宋望舒盯着宣纸，强迫自己冷静下来。家里的纸已所剩不多，他不敢再贸然落笔。

见哥哥迟迟不动笔，宋苇杭有些不耐烦了。她甩着麻花辫嚷嚷："真麻烦，画个草图都这样费劲，那画壁画岂不是更折腾？"

宋望舒想说，世上的事情哪有很简单的呢？每一件事的成功背后都凝聚着复杂的努力。不过万事开头难，只要把头开好了，后面不一定那么难，但他什么也没有说。他有些累了，得静一静，重新梳理一下思路。

窗外，夕阳如橘红色的河流在田野里奔流，把土地浸染成温柔的绯红，成片的金色稻穗在微红的光波中摇曳。爸爸正开着收割机在稻田里来回奔忙，他的红色T恤和红色收割机融为一体。

宋望舒推窗的刹那，这一幕恰好映入眼帘。他心里一亮，亏我还在绞尽脑汁，搜肠刮肚地寻找素材，真是可笑啊！

他将宣纸展开，细细捋平，对着窗外画起来：苍蓝如洗的天空，像无边无际的海洋；金色的稻田，似一地金子；稻田中间，一辆红色的收割机正在阳光下劳作；收割机前面，珍珠般的谷粒争先恐后地滑入车头的漏斗；身后，黄色的秸秆如蝴蝶飞舞，缓缓坠向地面……

不觉间，太阳已从屋脊上滑落下去，在它滑落的地方，长出了大片大片的晚霞。村庄被一层梦幻的红色笼罩了。青灰色的炊烟顽皮地从烟囱上方跳出来，但很快也被无边无际的红包裹。宋望舒手执画笔，浸泡在胭脂般的红晕中，聚精会神地画着……

到了晚上，铺天盖地的红终于消散了。妈妈把凉床和竹椅都搬到了屋外，一家人在星空下乘凉。晚风徐徐吹来，宛如凉软的丝绸轻抚着面颊，真舒服啊！

只有宋望舒没有出来，他还关在房间里画啊画，似乎感受不到室内令人窒息的暑热。此刻的他就像一条夜色中的鱼儿，沉浸在自己的水域中，忘记了时间和画外的世界，忘掉了自己。

终于，一幅金色的稻田图在他的画笔下鲜活地诞生了。他高兴得吹起了口哨。

听到口哨声，宋苇杭就知道哥哥顺利完工了。她飞快地冲上楼，瞪大眼睛看着那画儿，感觉陷入了幻境——啊，窗外的稻田，那熟悉得不能再熟悉的稻田啊，一定是长了翅膀，飞到屋子里来了！瞧，它们的色彩多么热烈，姿态多么轻盈，还有爸爸和他的"大力士"是多么威武啊……

三　长腿梯

眨眼间，又到了清晨。一大早，太阳就在天上耀武扬威。它所喷射出的每一道光都像白花花的鞭子抽向大地。

宋苇杭躺在床上，迷迷糊糊地感觉到一个亮闪闪的光点在窗前跳跃，紧接着，光点像个精灵似的蹿到了她的脸上，"啪嗒"一声，扯开了她的眼皮。

这时候，妈妈的声音从大门外传来。

"今儿这太阳，跟野兽似的，咬人咧，一口下去能把人的皮肉咬伤。你就不能过几天再去画？"

"不能啊，妈，这事儿不能再拖了！"这是哥哥的声音，语气果决。

…………

他们的对话顺着楼梯往上跑,钻进了宋苇杭的耳朵里。她一骨碌爬起来,冲到楼下,只见哥哥正把画具一样一样地往自行车上绑。汗珠子从他的脑门上滴落下来,一颗又一颗,像断了线的珠链。妈妈站在门口的合欢树下,双目一眨不眨地看着她的儿子。大清早的,几只知了已经扯着嗓门叫开了。它们的声音撕心裂肺,好像铆足了劲儿,锲而不舍地埋怨着初升的太阳。

"哥,你今天要去文化长廊画画?"宋苇杭问。

宋望舒点点头:"嗯,得赶紧动笔了。"

"非得今天就去画吗?"宋苇杭皱了皱眉。

"没错,今天必须去画!"哥哥的回答一点也不拖泥带水。

唉,难道我要错过哥哥的开工大吉吗?宋苇杭的眼皮耷拉下来,浑身不得劲——她跟好朋友木棉约好了,今天一起去采集树叶,做书签。这是木棉酝酿了很久的事,她可不想让计划泡汤,更不想让好朋友失望。

宋苇杭有些不甘心,央求哥哥晚一天开工。可宋望舒果断地拒绝了。

宋苇杭只好说了这件令她纠结的事。

"这不是挺好的吗?去吧,趁着早晨凉快,赶紧去,莫让木棉等太久。多做几个书签,顺便给你哥我也做一个。哈哈哈……"宋望舒想逗妹妹开心,但并没打算改变计划。

"好什么呀？时间打起架来了……我都不能去看你画画！"宋苇杭噘着嘴嘟囔着。她太想亲眼看到哥哥的第一幅壁上杰作是怎样诞生的了——从小到大，她也是个不折不扣的画迷，只是画功没哥哥厉害罢了。

宋苇杭的目光定在那辆被五花大绑的自行车上，不肯挪动。她在心里盘算着，得找个两全其美的法子才好……

"要不，我先送你去木棉那儿，再去文化长廊？"宋望舒不忍心看到妹妹满脸的沮丧。

"不用了，你忙你的，我忙我的！"宋苇杭飞快地跑开了——她才不想让哥哥觉得她像条鼻涕虫，老是黏着他不放。

宋苇杭家和木棉家隔着一片田野和一条马路，那条马路像一把灰白色的梳子，把村子梳成了两半。宋苇杭家在东北面，挨着雎鸠河；木棉家在西南边，紧靠长江。长江边的田野是沙质土壤，种出来的西瓜大得像枕头，瓜瓤似砂糖，且汁水四溢，甜而不腻。所以到了江边，沿路看到的都是大片大片的西瓜地。

宋苇杭按照约定的地点，直接去了木棉家屋后的西瓜地。木棉正站在地头的西瓜棚前，朝路上张望。看到宋苇杭，这个留着齐刘海儿、扎着马尾辫的大眼睛女孩立刻挥了挥手，说："我还以为你不来了呢。"她的声音比一张纸还轻，里面冒着细碎的快乐。木棉就是这样，即便再兴奋，也不会咋咋呼呼——自从很小的时候，妈妈独自去了大城市打工，她便一天比一天安静。当她大些后，知道妈妈和爸爸离了婚，再也不会回来，就更安静了。她总觉得是自己把妈妈逼走的，因为爸爸说她小时候生过一场大病，把家里的积蓄都花光了，还欠了很多债，妈妈要出去打工挣钱还债才离开了家。想到这些，她小小的心便像地窖里的土豆，失去了光泽。

"走，咱们快点去江边的林子里采集树叶吧！"宋苇杭还没站稳，就直奔主题。

"别急，先尝尝我家的西瓜吧。"木棉说，"今年阳光好，雨水少，甜得很咧。"

宋苇杭连连摆手："还是先去找树叶吧，得速战速决，我还有别的事。"

"那——好吧。"木棉答得勉强。

木棉的爸爸正在地里摘瓜，他旁边的田垄上已经堆了座小小的西瓜山。看见宋苇杭，他连忙直起身子招呼："小杭来啦！西瓜随便摘，随便吃啊！莫客套！"他是个老实巴交的农民，脸上时时挂着热情而谦和的笑。

宋苇杭没有摘瓜，应了一声，便催促着木棉快点走。到了树林，她们东看看西找找，很快从几棵姿态各异的树上采了几片圆形的黄栌叶、似小团扇的大叶黄杨、像折扇的银杏叶、菱形的乌桕叶……墨绿、浅绿、翠绿、鹅黄、砖红等色彩交织在一起，煞是好看。木棉还想继续在林子里找几片非同凡响的叶子，可是宋苇杭已有些不耐烦了。她潦潦草草地将叶子往兜里一塞，说道："算了算了，今天够啦！"她满脑子都是文化长廊的墙壁。

"可惜没有找到侧柏，如果用它的鳞形叶做个书签，一定美极了。"木棉意犹未尽地看着那些树，"我一直想要做一个这样的书签。"她没有告诉别人，她做书签其实是因为妈妈用过的抽屉里一直躺着一本书，里面有一枚发黄的书签。那枚书签是妈妈夹进去的。所以，她就固执地认为，妈妈是喜欢书签的。

"下次吧，下次我再陪你找哇。"宋苇杭心不在焉。

"怎么了？今天好像心神不宁啊，到底有什么事？很重要吗？"

宋苇杭连连点头："确实是件很重要的事！走，我们去文化长廊吧！"

"去文化长廊？去那里干吗？"木棉眨巴着大眼睛。

宋苇杭摆摆手："别问这么多，去了你就知道了。"说着，她拉住木棉的手就走。

木棉不再问了，但脑子里装满疑惑。她将树叶塞进兜里，莫名其妙地跟着宋苇杭走。

在路上,她们遇到了宋苇杭的爸爸。爸爸好像很着急的样子,正大踏步地往凤英婶婶家走去。爸爸不是去地里干活了吗?怎么跑到这里来了?

不过一眨眼的工夫,爸爸便从凤英婶婶家出来了。他阴着一张脸,看上去好像是撞了一鼻子灰。他嘀嘀咕咕地说着:"不借就不借,没必要这么过火吧……"

原来,凤英婶婶家刚好有架长腿梯子,可是听说是借给宋望舒用的,还是为了村里的环境什么的,便不乐意了。那天,她在挖树时,被宋望舒撞了个正着,被他长篇大论地批评了一番,说来说去,都离不开"环境"这个词。她心里还窝着一团火,正愁没地方喷发。宋望舒的爸爸一来,就相当于撞到了火焰山的山壁上。这个泼辣的胖女人双手叉腰,将爸爸狠狠奚落了一番。"别跟我提什么该死的环境,我种了一辈子地,只知道地里的庄稼得靠阳光,没了阳光就等于人断了粮!"

"爸,你在这里干吗呢?"宋苇杭奇怪地问。爸爸只顾着生气,压根没听到女儿的声音。宋苇杭尖着嗓子,提高音量又喊了一声,"爸,爸——"

他终于听到了女儿的呼喊,扭过头:"我得找架长腿梯子。"

"要长腿梯子干吗呀?"宋苇杭更加奇怪了。

"你哥要的。没长腿梯子,他的画没法画到墙壁的上方去!"

"我们家没有吗？"宋苇杭隐隐记得小时候在家里见过那玩意儿。

"你说的是那个跛脚的大长腿吗？嘿，我想它早就被你妈扔到炉膛里当柴烧了……好了，你们去玩吧，我得在中午之前尽快找到那架梯子，不然可就太差劲了。"

"隔壁周奶奶家没有吗？"宋苇杭提醒。

"没。左邻右舍都问了，不是腿短了，就是残废了。真是奇怪，前些年还有很多人使用那种梯子的，现在竟然集体消失了，也不知道是不是因为现在的房子都装修精致了，再也容不下这些土玩意儿……"爸爸无可奈何地摊开双手，摇了摇头。

"那我哥呢？他去文化长廊了吗？"

"还没。他也满村子找长腿梯子呢。万事俱备，只欠东风。没有这股'东风'还真不行。好了，不说了，我再去问问！"爸爸说着，急匆匆地往另一家走去。

这下，木棉明白了，明白自己的"闺蜜"为什么没心情做书签，也明白她为什么要急着去文化长廊。

"叔叔，我家有，去我家搬吧！"

"啊——你家有长腿梯子？我怎么没见过？"宋苇杭心里开出一朵喜悦的花。

"嗯？你家真有长腿梯子？"爸爸激动得变调了。

木棉点点头，肯定地说："嗯。我们家很少用，我爸把它放在阁楼上。"

"那真是太好了！踏破铁鞋无觅处，得来全不费工夫。幸亏你在这儿！"爸爸把感激的目光投向这个长得黑而瘦，有一双清澈大眼睛的女孩。

他们很快到了木棉家。在木棉家的阁楼里，爸爸在一堆乱七八糟的杂物中，一眼看到了长腿梯子。它浑身覆盖着厚厚的积尘，像一个被遗忘了很久的老人，但身板结实，没有一处挂彩。

爸爸小心地将长腿梯子从阁楼上扛下来，三个人朝村里的文化长廊走去。

路上，爸爸拨打了儿子的手机，告诉他这个喜讯。

此刻，宋望舒正在村子另一头的一个猪圈里——见宋望舒满村子找长腿梯子，富贵大叔问："你要那种梯子干什么啊？"宋望舒只好老老实实地说了原因。富贵大叔撇撇嘴，说他家倒是有架长腿梯子，不过已经躺在臭烘烘的猪圈里两三年啦，如果不怕臭，就自己去搬吧。于是，宋望舒就在两头大肥猪惊天动地的嚎叫声中钻进了猪圈。圈里脏得一塌糊涂，他的白球鞋刚踏进去就沾上了猪粪，头发上缠了半张蛛网，可是等他一身狼狈地靠近梯子时，才发现这架梯子歪着一副肩，跛着一条腿。富贵大叔则老顽童似的站在一旁嘿嘿笑着说："年轻人，这下，你该知道有比那嘎嘎桥下更脏、更臭的地方了吧？村里就这样，顾得了面子，顾不上里子，你以为你是谁？就凭几幅画，就能把这儿的日月给改了？对不住了啊，我就是想让你体验体验农村生活，让你知道这灶上的锅是铁打的。"

"……"宋望舒气得一句话也说不出来。他蓦地明白，自己被这个看似热心的老家伙给耍了。

幸好爸爸的电话来了。这个电话像一场及时雨，让宋望舒火冒三丈的心冷静许多，不然，他真担心自己的胸腔会喷射出滚烫的岩浆。

四　笔尖上的稻田

到了目的地，宋苇杭惊喜地发现那堵墙不是完全裸露在太阳底下的。不远处，有一棵高大的柳树，知了的叫声从枝叶间迸溅出来，如雨点般，溅得满院子都是。阳光穿过枝叶和知了的叫声，将它蓬勃的影子投射在四周，至少有一半的墙壁受到了浓荫的庇护。

宋望舒已先一步赶来了，正把自行车上的东西一样一样地卸下来。地上花花绿绿，好像摆了个地摊。

"哥，你要的长腿梯子到啦！"宋苇杭冲哥哥喊。

宋望舒扭头，立刻看到了爸爸肩上的梯子。他擦了一把额头上的汗，眉开眼笑："太好了！谢谢老爸。"

"不用谢我，要谢就谢木棉，是她借给我们的！"爸爸说着，将长腿梯子顺着墙壁摆正。梯子的长度刚刚好，顶端的木板与屋檐之间大约有一米多的距离。这样，当宋望舒站在上面伸长手臂时，便可以轻而易举地够到墙壁最上方的位置。

宋望舒把目光转向木棉："谢谢你啊，木棉，谢谢你帮了我大忙！"

木棉不说话，抿着嘴羞涩地笑了笑。

宋望舒挎着他的工具包，一步步爬上去，骑坐在了长梯顶端。从下往上看，他像一个骑着高头大马的战士，又像一个坐在塔顶仰望天空的人。他低下头俯瞰着下面的父亲——父亲的背微微佝偻着，锈红色T恤衫上布满汗渍，头发中间秃了一块，像个白色的旋涡——那是被无尽的农活和操劳抽打出来的旋涡。是什么时候冒出来的呢？宋望舒无从知晓。他忽然感到愧疚，也许借梯子这种小事不应该麻烦父亲，而应该自己想法搞定……

"爸，快回吧。早点把地里的活儿干完了，早点休息。"宋望舒腾出一只手，冲爸爸挥了挥。

爸爸用一种意犹未尽的眼神仰视着儿子，说："那——好吧，你自己要当心，注意安全，好好干！"其实，他还想亲眼看看儿子画壁画的英姿。很多年没有拿过画笔了，他几乎将手拿画笔的感觉忘掉了，更何况自己年轻那会儿只在纸上画过画,从来没有在墙壁上画过。看到儿子干劲十足地坐在梯子顶端,那些早已被劳碌和疲惫掩埋的艺术细胞好像又从他的身体里涌了出来……但是……生活毕竟是现实的,地里的活儿还等着他呢。他看了看儿子,不舍地迈动脚步。

走了几步,爸爸有点不放心,又折回来,用手摇了摇梯子的两条大长腿。当确信非常稳当之后,他才一步一回头地离开了。

宋望舒深吸一口气,双脚分别踩着梯子左右两侧的横木,找到平衡点,然后一手握着油漆刮刀,一手拿着砂纸开始忙活起来。这面荒芜了十几年的墙壁,如今已被风霜雨雪吞噬了平滑和洁白。那些凹凸不平的地方淤积着尘土和蛛网,像一张皱巴巴的草纸。宋望舒用刮刀小心翼翼地刮掉那些凸出的部分,又用砂纸打磨光滑。此刻的他就像一个美容师,正在做一个精微的除皱磨皮手术。在白晃晃的阳光下,被磨掉的墙皮和蛛丝化作粉尘,在空中飞舞。

尘土像一群令人讨厌的小虫子,张牙舞爪地扑向四面八方。梯子下面的女孩被呛得咳嗽起来。

"快到树那边去,别把灰尘吸进肺里!"宋望舒冲着两个女孩喊。

"不,我们得对付这个梯子,刚才它好像抖了一下。"

宋苇杭说着，又咳嗽了两声。

宋望舒低头一看，才发现两个女孩一人扶着梯子的一条腿，像两个女保镖似的站在梯子下。

"不会怎样的，快去树那边！又是烈日又是灰尘的，小心皮肤过敏！"宋望舒用一种命令的语气说道。

两个女孩只好乖乖地离开了梯子。

宋望舒仍在一丝不苟地处理墙面。树上的知了声此起彼伏，恍若七月的江潮。茂密的汗珠子从他的额头上滚下来，一颗一颗，连成了溪流，顺着眉毛滴落到眼睛里，又将鼻子当作滑梯，滚到嘴唇上。宋望舒的眼睛湿漉漉、黏糊糊的，模糊而刺疼，嘴巴里也咸哒哒的。来自阳光的刺痛和盐的味道让他不得不暂时停下手里的活儿，抬起胳膊，擦了一把脸上的汗，又抹了一下嘴唇。那些粉尘便借势扑到了他的脸颊上，和汗珠子融为一体。这下，他的脸上好像涂了一坨坨泥巴，灰不溜秋。宋望舒顾不得这些，他一会儿站在高处，一会儿蹲到低处，忙得不亦乐乎。

"哥，什么时候可以画画呀？"宋苇杭是个耐不住性子的姑娘，总是急巴巴的，"怎么老是磨来磨去？快开始吧。"

"快了，快了，莫急啊。墙面必须打磨平整，不然会影响到运笔，还会让画面效果大打折扣。"宋望舒边干活边说。汗从他身上的T恤衫下溢出来，绘制出一张形态奇异的地图。

木棉看着宋望舒一会儿移动长腿梯子,一会儿又爬上爬下,真替他捏着一把汗。

"望舒哥哥,要不我帮你磨一会儿吧。刚才我一直看着,都看会了。"胆小的木棉不知道从哪里攒了一把勇气,竟然敢做这样的尝试。

宋苇杭不甘示弱,也抢着喊:"我!让我来,我也看会了。哥,你歇会儿!"

"那可不行,这是个危险的活儿。要是摔下来,怎么得了!"宋望舒摇摇头,"你们只需要在下面看着就行,需要你们帮忙时,我会叫你们的。"

两个女孩只好乖乖地站在树下,揪着心看他一个人忙活。

又不知过了多久,宋望舒终于完成了整个墙面的处理。他长舒一口气,从梯子上跳下来,抖抖身上的尘土。这时候,他才发觉身上的衣服全湿了,可以拧出水来。

空气中没有一丝风,蝉的叫声异常惨烈。

"哥,下一步干什么?"宋苇杭用一只手当扇子,边扇边问,"是不是要开始画了?"

宋望舒摇摇头,弯下身子,拎出一盒乳胶漆,"啪"地一下打开盒盖,然后拎着油漆再次爬到长腿梯上。他边爬边说:"得先刷上底漆,不然,墙面色泽不一,画上的风景就会模糊不清。唔,谁帮我递下刷子?"

"我,我,我。"宋苇杭兴致勃勃地回答。

她冲到工具箱那儿胡乱地翻找起来。还没找着,眼尖的木棉已经一眼看到,并把刷子交到宋望舒手里。她俩相视一笑,赶紧回到了自己"女保镖"的岗位上。

宋望舒像个手脚麻利的油漆匠一样,将白色的乳胶漆轻轻刷到墙上。这是个细致活儿,他一下一下刷着,十分耐心。不一会儿,灰黄色的墙壁呈现出一片雪白。可是,问题很快随之而至——多余的漆滴滴答答地落到地上,地上呈现出难看的斑驳。

"坏了,我忘了一件重要的事!"宋望舒停下手里的刷子,脸露愁容。

"什么事?"宋苇杭吓了一跳。

"我忘了在墙壁下铺塑料纸了。不然地上就脏了。"

"小菜一碟。我来弄!"宋苇杭说着,转身去地上的材料堆里找。

"不用找了,我根本就没带。"宋望舒皱着眉,很懊恼的样子。

木棉想了想,说:"别担心,我有办法。"

"什么办法?"兄妹俩齐声问。

"一会儿你们就知道啦！"木棉说着，一阵风似的朝大门外跑去。

几分钟后，木棉汗流浃背地回来了，手里多了一沓报纸。她举着报纸直奔墙角，三下五除二就将报纸铺在地上。这下，地面仿佛穿上了一层薄外套。

宋望舒一见，不由得竖起拇指："不错啊，木棉的脑瓜子还真灵。在哪里弄的报纸？"

木棉指指院墙外，小声说："村委会。那里的报纸可多了，我找里面的干部要的。"

宋苇杭一听，不禁暗暗佩服。换作她，不一定有这个勇气去找村干部讨要报纸，更何况一向胆小，看到一条毛毛虫也会吓得哇哇大叫的木棉。

宋望舒继续刷乳胶漆。他先刷上面的，再刷中间的，接着刷下面的，动作由刚才的缩手缩脚变成了大刀阔斧。不一会儿，墙壁焕然一新，从上到下都白花花的，光亮如玉。

宋望舒从梯子上下来，站在墙壁前左看右看，上看下看，如释重负地说："好了，准备工作顺利完成！"

"是不是要正式开始画画了？"宋苇杭迫不及待。

宋望舒摇摇头："不能。还得等。"

宋苇杭立马嚷嚷："还要等啊？！"

宋望舒指着墙壁说:"咱们得等漆干了啊,不然画上去就花了。"

宋苇杭的脸本来就被太阳烤得红彤彤的,这时候一着急,就更红了,活像个熟透的红柿子。她哭丧着脸说:"天啊,还要等,那得等到花儿都谢了!"

"别催嘛,画画又不是到林子里采树叶,不能着急的。"和宋苇杭相比,木棉就平和多了。

宋望舒笑着走到树下:"我说伙伴们,不如我们趁机先乘会儿凉吧。"

两个女孩也走到树下。树上的知了人来疯似的,叫得更欢实了。许多声音凝聚在一起,简直要刺穿人的耳膜。透过枝叶,他们发现太阳已劲逮逮爬到了头顶,阳光如瀑布倾泻而下。大树周围的浓荫慢慢变小,怕热似的围绕着树脚缩成一团。三双眼睛眯缝着看向墙壁,那方阴凉不见了,整个墙煞白煞白的一大片,晃得人的眼睛都快瞎了。

宋望舒拿出手机看看时间,说:"应该可以了。"说着,快步走到墙脚下,伸手轻轻摸了摸最下方的位置,对大家说,"干了。"

"这下,总算可以画了吧,哥?"宋苇杭问。

"当然。"

"啊,太好了!"女孩们欢呼起来。

宋望舒从包里拿出图纸，展开，一边低头看一边打量墙壁，好像在心里规划着什么。木棉凑上去一看，原来是一幅色彩明亮的画：蓝天，稻田，收割机……

"这是我哥画的草图，他要把它放大了画到墙上去！"宋苇杭扫了一眼哥哥手里的画纸，得意地说。在她看来，这幅出自哥哥之手的画简直称得上是世界上最美妙的画，让她急于向自己的伙伴炫耀。

"画得真好啊！"木棉称赞道，一双眼睛被画里的景象迷住了。她平时只是做书签，还不曾发现画画的妙趣。

宋望舒的眼睛变成了一把尺子，刹那间便测量出墙壁的尺寸，又在心里默默计算了一下它的大致面积。很快，这幅画的放大比例便有了准确的数据。他再次看了一眼手里的画稿，一幅约六平方米的壁画便清晰地定格在脑子里。

"哥，快画呀！"宋苇杭在一旁催促。这个急性子的女孩好像被一只老虎追赶着似的，她不知道纸画变壁画是需要做好充分准备的，稍不留神，可能会全盘皆输。

"嗯嗯，马上。"宋望舒说着，从工具箱里翻找出一支铅笔，快速走到墙壁前。

这次，他没有爬到高高的梯子上，而是站在地上，从墙壁中间靠左的位置起笔。第一笔似乎有些艰难。宋望舒几次提笔，但都迟迟没有落下去。迟疑了好一会儿，笔头终于毅然地啄在了墙壁上。随着手臂的舞动，笔尖轻盈而自由地飞翔起来，所过之处，稻田的轮廓一点点呈现出来，如旖旎的水波轻轻荡漾。

接着是高远的天空。

这时候，宋望舒擦了一把额头上的汗，爬到梯子上。他佝偻着背坐在梯子顶端，在太阳的窥视下，久久地伸长脖子，举着手臂，一下一下地画着。这个动作虔诚而缓慢，就像木偶剧中的人物，有那么一瞬，似乎是一动不动的。宋苇杭和木棉站在梯子下定定地看着，从她们所站的角度望过去，梯子上的人就像被一根无形的绳索绑住了身子，垂挂在墙壁前，让她们莫名担心。

柳树上的知了还在叫，一声高过一声，如洪如潮。宋望舒的耳朵变成一个庞大的通道，任由洪涛浩荡，穿行其中，又迅速远去，消失。此刻，他的世界里只剩下这扇墙和手里的笔。在他的勾勒中，天空渐渐现出身形，云朵若隐若现。

两个女孩的眼睛一眨不眨地看着，仿佛看着一条潜伏在水底的青鱼一点一点地浮出水面。

描完天空，宋望舒的脚往梯子下移了三级。在踩到横杠的瞬间，他才感觉到双腿使不上劲儿，就好像里面灌注了某种沉重的物质，憋闷闷地疼。可是他不能停下来——

太阳越来越厉害,整个世界仿佛在发烧似的,他得尽快完成轮廓的勾画。

这是整幅画最关键的地方。他站稳了,深吸一口气,找准最佳位置,右手靠近,果断落笔——先描出一台收割机,再勾勒出机器上的人。看了看,有些不满意,他冲着妹妹喊:"擦子,小杭,帮我递下橡皮擦!"

听到指令,宋苇杭一个转身,迅速去工具箱里翻找,又快速折回,踮起脚,把一块橡皮擦交给哥哥。

宋望舒将那个人的轮廓擦掉,又重新画。画了一次又一次,最后总算满意了——他的嘴角微微上扬,有了微笑的弧度。

"哥,画完了吗?"宋苇杭如释重负地吐出一口气,把头上的帽子摘下来当扇子,狠狠扇了几下,"现在是不是要开始上色?"

"对,上色。"宋望舒身上大汗纵横,完全变成了一只刚上岸的水猫子,原本白皙的脸也泛起一片鲜艳的红,好像被太阳啃伤了脸皮。他一边回答妹妹,一边从梯子上跳下来,走向材料堆,拎出几桶颜料。

"这是什么颜料,望舒哥?"木棉好奇地问。她见过水彩、彩铅和油画棒,这种桶装的颜料还是第一次见。

"丙烯。"

"丙烯？丙烯是什么颜料？"木棉追问。

宋望舒将一块梅花形的调色板摆在颜料桶旁，耐心地说："它是二十世纪才发明的一种新型绘画材料，可以像油画一样厚涂堆塑，也可以像水彩一样极度稀释，色泽鲜艳，还可以画出层次丰富而明朗的水粉效果。最重要的是它非常环保，而且不褪色，不龟裂，也不容易脱落，可以保持很久……"

宋苇杭蹲在哥哥旁边，睁大眼睛看着，听着。

"调色非常重要，需要懂得色彩和色彩之间的关系，还需要特别精细地控制好每种颜料的用量。"宋望舒说着，先往梅花形调色板的一片"花瓣"上倒上一些中黄色颜料，接着又倒入淡黄。伴随着画笔的搅动，两种深浅不一的黄碰撞在一起，瞬间发生奇妙的变化，变成了一种介于两者之间的亮黄。那是五月刚刚成熟的杏子在绿叶中摇曳的色彩，是金丝桃在初夏的清晨绽放的第一抹光泽。宋望舒看了看，又往亮黄中加入一些橘红色颜料，一番调和，色彩又变出新的花样——正是他要寻找的金黄，是转瞬即逝的傍晚的太阳散发出的光芒，是沉甸甸的穗子在六月天的微笑。

"哇，色彩竟然会变魔术！"宋苇杭的眼睛都看直了，止不住惊叹。

木棉也被深深吸引了。突然打开的色彩大门让她有种头晕目眩的感觉,她第一次发现了色彩的神奇和趣味。

调好色,宋望舒拿出画笔,蘸上颜料,往之前画好的稻田轮廓里涂色。他一会儿一笔连着一笔,将颜料浓重地堆叠在一起,一会儿又抬起手腕,将所有力量倾注到笔尖,蜻蜓点水似的勾勒出一根根细若游丝的线条……不一会儿,几株疏密有致的稻子便出现在墙壁上。

知了的叫声在中午的热浪中回荡。柳树的叶子被烤焦了,一片片耷拉着,但是宋苇杭和木棉竟然没有感觉到热,她们从画里听到了风吹稻浪的声音,嗅到了从穗子中散发出的粒粒清香。

这时候,妈妈的电话来了。她是叫孩子们回去吃饭的。可是,宋望舒正在给一支穗子填色,在填色的过程中,还得描摹出一颗颗珍珠般的谷粒,这是个十分精微的活儿,不能分神。他只好对电话那头的妈妈说:"妈,要不你们先吃吧,我这边还得忙一会儿。"

"一会儿是多久啊?十分钟还是二十分钟?"妈妈追着不放。

"不确定。"宋望舒的喉咙里像有一团火。他很费劲儿地咽下一口唾沫,才想起半天都没喝水了。"妈,我得一口气画完,不然……"说着,他用舌头舔了舔干燥的嘴唇。

"不行！人是铁饭是钢，一顿不吃饿得慌。你又不是铁打的人！"妈妈斩钉截铁地打断了他。

"好吧，妈，我们一会儿就回来。"宋望舒不想惹妈妈生气，也不想为这个问题一直争论下去。

"马上回来，我跟你说啊，十分钟内必须到家！"妈妈像个女王，下达完最后的指令后飞快挂掉了电话。她太了解自己的儿子了，如果不给点"颜色"，就没法将他从执迷的事情里拽回来。

宋望舒看看墙壁上才上了一半色的稻田，又看看调色板上残留的颜料，叫妹妹和木棉先回去。她俩不肯，宋望舒就板起了面孔："回去，都给我回去，我这里不需要什么保镖！"

"要不我们还是回去吧。吃了饭再来？"木棉扯扯好友的衣角。

"哼，我就不回去，看他能拿我怎么办！"宋苇杭执拗地站在原地，任性地盯着哥哥的背影。

宋望舒画完一支稻穗，忽然感觉到了什么，他一扭头，发现了妹妹的异样。"小杭，算哥哥求你了。这大热的天，让妈妈跑到这里来可不好，按照她的脾气，如果一个都不回去，完全有可能……"

宋苇杭心里一软，总算答应了。其实，她不想错过这幅壁画诞生的每个环节，更不想把哥哥一个人留在这里。

在知了的叫声中，木棉和宋苇杭向文化长廊的院门走去。走到拐角处，宋苇杭扭头看哥哥，他还在聚精会神地画啊画。

风像一支热乎乎的鸡毛掸子，在女孩们的脸上掸来掸去。宋苇杭想，要是有一天，我也能在墙上画一幅画，那该多好啊！

五　树上的男孩

宋苇杭狼吞虎咽地吃完饭,刚要出门,妈妈拎出一个饭盒,说:"给你哥准备的,机器还得喝油呢,人不能不吃饭。快给你哥捎去。"

按照之前的约定,木棉也骑着车过来了。

到达文化长廊时,她们发现那里竟多了一个人——一个和她们年纪相仿的男孩。他剃着酷酷的朋克头,单眼皮,穿着白色短袖和深蓝色牛仔短裤,骑坐在大树的一根枝丫上,看着那扇墙壁。他看得那么入神,以至于两个女孩走近都没有察觉。

这是哪里来的男孩?怎么没见过?宋苇杭看着他晃荡着的两条腿,满腹狐疑,可是细看,却有种似曾相识的感觉。她用胳膊肘轻轻碰了碰木棉，问："你认识他吗？"

木棉抬头看了看那个男孩，摇摇头。

管他是谁呢，该干吗干吗。宋苇杭将目光从男孩身上撤开，冲哥哥喊："快下来，哥，我给你带饭来了。"

"搁那儿吧。我等会儿吃！"宋望舒仍在专心致志地画着——没有彻底完成这件作品之前，他不能心安理得地吃饭。

树上的男孩低下头，蜻蜓点水似的扫了她们一眼，很快又被宋望舒的画笔牵走了目光。

宋苇杭走到墙壁前，惊喜地发现这幅画已接近尾声。画面中，天空蓝蓝的，像一块碧蓝色的手帕，白色的云朵犹如初夏的栀子花。在它的下方，金色的稻田闪闪发光。太阳从稻田尽头缓缓升起，收割机在田野中奔跑……宋苇杭感觉很震撼。壁画带给人的视觉冲击远比纸上的草图更强烈，里面好像有个神秘的声音呼唤着她，让她迫切地想一头扎进去，迎着风和太阳，一直跑呀跑，和画面中的大自然融为一体。

可是，宋望舒看来看去，却不满意，总觉得少了点什么，可到底是什么，他一时又想不起来。

"你应该画些稻雀和鸟窝什么的。"男孩忽然说道,"稻子成熟的时候,会有好多鸟儿围着它们打转呢。"

对呀,这正是稻田里缺少的生趣!宋望舒猛地转过头,才发现身后的树上多了一个男孩。他看起来有些吊儿郎当,但说出的话却结结实实,一语中的。这让宋望舒暗暗吃惊。

"你熟悉稻田?你在这里生活过?"宋望舒打量着他,觉得他不像土生土长的乡下男孩。

"这还用问吗?"男孩反问,语气里夹杂着不羁。

宋望舒觉得有些奇怪,但不想自讨没趣地追问下去。他提起笔,在稻田上空画了一只又一只白鹭,又在两根秸秆之间的缝隙处画了一个小小的鸟窝,窝里躺着四枚白生生的鸟蛋。宋望舒觉得还不够,又弯下身子,在稻田的一侧,画出一条田埂,上面绿草青青,野花儿盛开,一个扎着小辫的女孩在田埂上快活地奔跑……

这不是夏收时节我们经常看到的景象吗?这女孩,怎么像小时候的我呀?宋苇杭一边看一边笑,一颗心像画中的白鹭一样飞舞。

"望舒哥哥,你怎么画了这些?草图上好像没有呢。"木棉不解地问。

"鸟和人都是大自然的一部分啊。将这些补进去,这片大自然才更加和谐完整呢!"宋望舒边画边说。

"可是这个之前没有打草稿,你不怕画毁了吗?"宋苇杭想起之前哥哥说过,在画壁画之前一定要先画好底稿。

"放心吧,我心里有数。"宋望舒说,"这些临时加进去的画面虽然没有提前打草稿,但是我童年记忆中最深刻、最快乐的一部分,我在心里已画过 N 遍了,画不毁的。"

宋苇杭满脸崇拜地看着哥哥。她想,心中有画的感觉一定很奇妙吧?只可惜,爸爸的艺术细胞只慷慨地遗传给了哥哥,在她身上显得有些吝啬——小时候,她常常照葫芦画瓢地模仿哥哥的画,可总是画得不伦不类。唉,也不知道是怎么回事!

"好啦,完工!"终于,宋望舒长长地舒了一口气,脸上绽放出胜利者的笑容。扭头看那男孩,男孩的眼睛睁得圆溜溜的,正一眨不眨地盯着墙上的画。看样子,他对这幅画也没异议了。

这时候,宋望舒才感到饿得发慌,眼花缭乱了。当他迈着发酸的腿向饭盒走去时,一个踉跄,差点跌倒在地。

午后的太阳更猛烈了些,柳树上的知了似乎累了,叫一会儿歇一会儿。树上的男孩却毫无倦意。他伸长脑袋,津津有味地看了一会儿壁画,干脆纵身一跃,从树上跳下来,径直走到了壁画跟前,仰起头痴痴地看起来……

"嗨，我说兄弟，要不要过来喝点什么？我这里还有可乐和矿泉水。或者共享午餐？如果我没猜错，你一定也没吃午饭吧？"宋望舒一边打开饭盒，一边冲男孩喊。

男孩似乎没有听到，仍伸着脖子盯着墙上的稻田。

好一会儿后，他扭过头，问："你画的是这儿的稻田吗？"

"没错，就在我家门口，很大的一片，像一望无际的大海。风一吹，就泛起金色的浪花。"

男孩的小眼睛一下睁大了："那……我可以跟着你去看看吗？"

"你不是很熟悉稻田吗？怎么，没见过？"男孩自相矛盾的表现，令宋望舒有些糊涂。

"唉……就因为见过……"男孩嘟囔着，似乎有难言之隐。

宋望舒不想扫了男孩的兴致，但又不得不实话实说："非常欢迎你去参观我家的稻田，不过昨天下午那些稻穗已被我爸的收割机给修理得片甲不留了。如果你现在去看，就只能看到一些乱七八糟的稻茬子。"

男孩的脸上掠过一丝失望的神色，"那……那还是算了吧，我要看的可不是稻茬子。"

"要是早几天来，你会发现村子里还有大片大片油汪汪的金色，完全可以和梵高笔下的麦田相媲美……"宋望舒说到这里，想起了什么似的，话题一转，"对了，你喜欢画画吗？你从哪里来的？"

男孩点点头："小时候一直喜欢。其实……其实我就住在这个村子里。"

"啊……哦，看来我们这个村子还真不小，居然没怎么碰过面啊！"宋望舒说着，再次细细打量了男孩。男孩看起来只有十一二岁，比他小一大截。他想，不认得也是正常的。

这时候，女孩们被他们的话题引过来了。"什么？你……你也住在这里？"宋苇杭吃惊地问，"不可能吧，巴掌大点的地方，我们怎么不认识你？"

"可我认得你呀。"男孩果断地说，"你忘了，我们一起上过幼儿园的。"

"你是……"宋苇杭盯着他的脸，使劲儿在脑子里搜索，"你是……你是光头冬冬？"

男孩的脸微微地红了："没错，我小名是叫冬冬，全称麦冬。"他说着，不服气地甩了甩自己的头发，"不过你看好了，现在我可不是光头，我有一头浓密的秀发。"说到"秀发"时，他加重了语气，显出一种幼稚的可爱。

两个女孩捂着嘴笑，笑声从指缝里清脆地漏出来。

五　树上的男孩

男孩扭头瞪了他们一眼。

"听说你转到城里上学去了。"宋苇杭好不容易掐住了笑。

"不是我要去那里，是我爸我妈要我去那里。"麦冬不满地嘟囔着，"我做梦都想回来。"

"以前放暑假，怎么没见你回来？"宋苇杭又问。

"唉，真是哪壶不开提哪壶，说起这个我就心烦！"麦冬不耐烦地叫起来，目光又回到了墙壁上，留给大家一个后脑勺。

其实，这也不是什么稀奇事，和他们一起上幼儿园的小朋友，有好几个转到县城里去上学了。他们的爸爸妈妈用打工的钱在那里买了房子；有的买不起房，就在那儿租房子。他们对乡下的教学质量充满怀疑，说砸锅卖铁也要让自己的孩子上城里的学校，享受好点的教学资源。到了放假的时候，大多数孩子会被送回村里，由爷爷奶奶带着。他们就像候鸟那样，从南到北，又从北到南，顺便把乡下的泥土气息带进城里，再把城里的时髦词汇带回乡下。这几乎成了这里的一种时尚。就这样，他们那个班的孩子到了幼儿园毕业的时候便各奔东西了。如果不是爸爸坚持待在乡下，估计宋苇杭也早被望女成凤的妈妈弄到城里去上学了。

难道城里不比乡下好？麦冬的话让宋苇杭感到疑惑，但也生出小小的庆幸。其实在此之前，她一直暗暗羡慕那些进城上学的小伙伴呢。

他们的对话飘进宋望舒的耳朵里，但他没插话。因为他感觉到十年前和十年后的童年完全不是一种模式，对于一个离开童年十来年的人来说，好像不具备发言权了。吃完饭，宋望舒没有急着离开，而是站在墙壁前，凝视了好一会儿，便开始修改、涂抹。他是个做什么事情都精益求精、追求完美的人，用他自己的话说，就是有点强迫症。

麦冬仍站在墙壁前，静静地看着。"要是我是这稻田里的一只雀儿就好了……"他喃喃低语。

宋苇杭和木棉听到了他说的话，奇怪地看看他，不知道他为什么这样说。难道是遇到了不开心的事情？她们想问问他，可是他目不斜视地盯着墙壁上的画，把她们当成了空气。

等宋望舒全部搞定，傍晚已无声无息地来临。

此刻，夕阳低垂，霞光漫天。在虚弱的蝉鸣声中，宋望舒和两个女孩收拾好画具，准备回家。

"不早了，你也回去吧！"宋望舒对男孩说。

"不，我不想回去，就在这里待一夜好了。"他的目光终于从画上收了回来，黯然神伤地看着身后的大树。

"这怎么行?"宋望舒觉察到了他的不对劲儿,"我送你回去吧。"

"不用!"男孩瓮声瓮气地叫起来,"我只是从这里经过,被一件我感兴趣的东西吸住眼球罢了。我回不回家,跟你有什么关系!"他忽然变了脸,被触到逆鳞的样子和刚才判若两人。

三个人面面相觑。这可真是狗咬吕洞宾——不识好人心!

"好吧好吧,随你,算我多管闲事!"宋望舒摆摆手,又朝妹妹使了个眼色,意思是"我们走"。

刚要走到门口,一个中年男人火急火燎地朝这儿跑来,跑得上气不接下气。

看到男孩,他如释重负地说:"哎,总算找着你了,你怎么跑这里来了?一家人都在寻你呢,你知道不?"

"找我干吗?是不是又想控制我?我受够了,以后我想干吗干吗,不用你们管!"男孩气呼呼地回敬。

"别这样,麦冬,我们也是为你好!"中年男人说着,一把捉住了男孩的手,"走,跟我回去!"

"为我好,为我好,你们总是打着这样的幌子,其实就是想控制我。我就是你们手里的一头猪、一条狗,哦不,是猪狗不如……"好像一根引线被点着了,这个叫麦冬的男孩一下子炸开了。他奋力地甩开了男人的手。

宋望舒看了一眼男孩,不明白他心里究竟藏着对父母怎样的深仇大恨。可是,这种情况下,他实在不好问什么,只好离开。

"明天,你明天还会来吗?我还想来看你画画!"男孩的声音从后面追上来。

"明天?"宋望舒略微迟疑了一下,他原本计划明天好好休息一天的,但随即点点头,"行,你来吧,我明天也来。"

"那——明天见啰!"男孩说着,随后不大情愿地跟着男人往门口走去。

男人转过身子朝宋望舒感激地点点头,又意味深长地看了一眼。他肯定是有话说的,只是碍于男孩在身边,欲言又止。

回到家,宋望舒扫了一眼镜子,顿时被自己的"英姿"吓了一跳。平素白净的脸变得红赤赤的,且鲜艳欲滴,仿佛里面的血管全都爆裂了。他把脸伸到水龙头下冲了冲,很是焦疼,胳膊也是红彤彤的,像一段红烧蹄子。

"你今天没戴帽子吗?怎么晒成这样!"他刚从卫生间出来,妈妈便惊叫一声。

宋望舒摸摸脸,无所谓地说:"戴了的,可能是帽檐太小了。妈,没事,蜕一层皮就好了。"

"我早就跟你说,这几天的太阳会咬人,你偏不信。今天我亲眼看到几个摘豆角的人中暑了,倒在地头……"

妈妈还在絮叨,宋望舒已走到自己的房间,悄悄拨通了村主任的电话。他得及时汇报,让主任尽快去文化长廊看看,看能否给他继续画其他墙的机会。

接到电话的村主任高兴至极,他说他完全没有想到宋望舒有如此强的执行力,他喜欢这雷厉风行的做事风格。隔着电话,宋望舒似乎看到了衣着朴素的村主任脸上挂满了笑容。

挂断电话,宋望舒躺到床上。窗外,一弯蛾眉月从天边渗出来,挽住合欢花树细瘦的胳膊。蝉的叫声退了下去。周围静极了。

六　如约而至

　　一大早，宋望舒一进文化长廊，便看到了麦冬。他仍骑坐在大树的枝丫上，盯着墙上的稻田，两条腿来回晃荡着，好像是长在树上的两根枝条。

　　"麦冬。"宋望舒唤了一声。

　　男孩扭头看了一眼，没有应声。几秒之后，他一本正经地说："你应该把雎鸠河也画到墙上去。"

　　"雎鸠河？"宋望舒有些惊讶，"你喜欢这条河？"

　　麦冬点点头："嗯。可惜我很小就被他们弄到城里去了，他们说不能输在起跑线上，所以每次放假了就把我塞进各种兴趣班。回来的时候少得可怜，他们在城里打工，总说很忙。爷爷奶奶不在了，他们就几乎不带我回来了。

我喜欢那条河，它可以让人忘掉烦恼。我偷偷溜回过几次，在那儿一坐就是一整天……"麦冬说着，目光离开了那幅壁画。他的眼帘低低地垂下，好像被一堆乱七八糟的心事压得睁不开眼睛了。

烦恼？才多大点啊，就好像被生活虐待了千百遍似的。宋望舒想笑，但憋住了——他可不想让男孩陷入尴尬的境地。于是宋望舒换了一种轻松诙谐的语气说道："哈哈哈，那你一定是把这里当成了避难所啰。其实我也很喜欢待在小河边，风一吹，所有的烦恼都拜拜啦。"

"嗯。可是现在，这里也没法避难了，老爸老妈只要找不到我，就会杀回老家将我捉回去。唉，你不知道，他们给我安排的那些网课有多烦人，把我的暑假弄得兵荒马乱，我……我实在是厌倦透了！"

"他们不支持你画画吗？"宋望舒换了个话题。

男孩点点头，哭丧着脸："岂止是不支持，是极力反对！他们把我的画具都锁进了柜子里，还美其名曰帮我少走弯路，说等我高考结束后，再把这些东西还给我。"说到这里，他的眼睛里流露出悲愤之色，"他们一句话，我就得等六年。六年呀，我计算了一下，至少有两千一百九十天。可怜我那些画具，估计都在柜子里发霉了，我还能画吗？"

宋望舒听得有些难过，好像有根棍子杵在胸口那儿。

幸好父母给了自己一个相对自由的生长空间，不然……他不想让男孩继续悲愤下去，故意轻飘飘地问："所以，你背着他们逃到这里来了？"

"我没有马上当逃兵，我还是反抗了的。我用积攒了几年的压岁钱悄悄买了一部智能手机。我也不是真喜欢那玩意儿，只是想向他们表达一下不满。可后来不知怎么的，一款网络游戏弹了出来，我点进去了。真是太魔性了，我一下子着了迷，每天泡在里面，什么也不想干，甚至画画这种以前很喜欢的事儿也被我抛到了脑后。哈哈哈，你不知道，那段时间，我有多快乐……"说到这儿，麦冬的脸色好像被春雨润泽的植物，流光溢彩，但只是一刹那，他的眼神又变得沉郁了，"不过幸福的时光真是太短暂了。这个秘密很快暴露了……我妈疯了似的教训我，恨不得一口吞了我。我爸将我的手机砸了个稀巴烂，唉，你不知道，那一刻，我的五脏六腑也被砸烂了……后来我趁他们不注意跑出来，跑到了我家的老房子里躲起来。可是，还是被住在隔壁的我小叔发现了。他答应我，不告诉我妈的，可是……唉……大人们真是不可信。你说，我摊上这样的爸妈，该怎么办？"

"你应该积极面对，说服他们，让他们成为你画画的支持者，而不应该当逃兵，更不能用游戏麻醉自己，那就是一个深坑！"

"唉，太难了！我完全不是这些顽固分子的对手，我只能这样。"麦冬连连摇头。

"那你现在还想画画吗？"宋望舒问。

"本来已经不想了……"麦冬犹豫了一下，目光再次飞向墙壁上的画，"可奇怪的是——昨天看到你画画的时候，那些死去的艺术细胞似乎又复活了。真是不可思议——"

"那就好办了。"宋望舒半蹲着身子，眼睛一眨不眨地盯着眼前的男孩，用略带命令的语气说道，"听着，把画画好，用行动去说服他们，他们会支持你的！"

"行动？"麦冬扯了一把自己的刘海儿，嘟哝着，"我不明白你在说什么。"

于是，宋望舒就原原本本地把自己当初如何说服母亲，又如何在不影响学习的情况下，画出几幅堪称杰作的画的事，原原本本地讲给了麦冬。

麦冬睁大眼睛听着，听到最后，他的眼睛里有了星星。"唔，我知道该怎么做了，谢谢你给我支着儿。那么——"他稍稍停顿了一下，问，"我可以拜你为师吗？"

宋望舒哈哈大笑起来："你以为我是大师啊，我也只是个还没出道的学生呢，只是比你多几道年轮罢了。你要是愿意，就拜我为哥好了，我叫宋望舒，如果这段时间你能留在这儿,可以来给我当助手。"

"助手?"麦冬欣喜地睁大眼睛,"我铁定不跟他们回去。这个暑假,我非待在乡下不可,我跟定你了!"

宋望舒想,如果让他耽误了学习,我就罪过大了。于是,他换了一种严肃的语气:"跟着我,也不是不行,只是你得自己拟个学习计划,把之前落下的功课补上来,不然你爸妈肯定还是会把你给绑回去。再说,想做画家,也得有文化底蕴,没有文化,一切白搭……"一口气说完这些,宋望舒感觉自己真有些婆婆妈妈了。

麦冬听得很认真,然后用力点头。他拍着胸脯说:"我保证做到!"这时候,麦冬的爸爸不知从哪儿冒了出来。这次,他没有急慌慌地跑,脸上的表情淡定了些。他站在院子里一棵美人蕉后,冲宋望舒招手,神秘兮兮的。

麦冬一见,好像见到了如来佛的孙猴子,飞快地转身,三两下爬到了树梢上。

宋望舒愣了愣,走了过去。

麦冬爸拍拍他的肩膀,小声说:"我儿子就交给你啦!他最近叛逆得很,我们实在拿他没办法。我估摸着,你肯定有办法。"

宋望舒连连摆手:"叔,您高估我了。我又不是念师范专业的,哪有什么办法啊!"

"你可别谦虚,我知道你是大学生。我蹲守在这里观察半天了,发现这小子跟你还蛮谈得来。他一年跟我们说的话加在一起,也没刚才跟你说的多。你讲话有方法,帮我们劝劝他,得把心思用在学习上,别想那些乱七八糟的东西。他肯定会听你的。如果你不答应,这孩子恐怕是没救了……"麦冬爸一边小声叨叨,一边朝他的儿子张望,生怕那小子冷不丁地从树上掉下来。

宋望舒心一软,点了点头。

紧绷的忧虑从中年男人胖乎乎的脸上退去:"那我跟他妈妈做做工作,我们先回城,让麦冬先留在小叔家,你帮忙带带他。等他状态好些了,我们再接他回去。"

"行。可你也得答应我,得尊重他的兴趣和意愿,别什么事情都按照你们大人的规划去做,别逼他。不然我也帮不了。"宋望舒说。

麦冬爸有些尴尬地点点头:"嗯,其实这两天我仔细想过了,我们是做得有点过分,以后会注意的。"说着,他感激地看了看宋望舒,又扭头看了看儿子,一步一回首地离去了。他颔首低眉的样子实在有些可怜,从后面看,真像一棵被风吹弯的老榆树,让人无法将他与那个狠狠将儿子手机砸烂的父亲联系在一起。

"他说什么?是不是要你帮忙把我逮回去?"等父亲

的身影消失在院门口，麦冬顺着树干滑下来，直奔宋望舒而来。

"错！你冤枉他了，你爸是真心为你好呢，他要说服你妈，让你留在这里。"

"真的吗？"

"当然。"

麦冬又蹦又跳，小眼睛笑成了两条细细的线。

看到麦冬这么开心，宋望舒也受到了感染。他在心里发誓，一定要把这个小孩往正路上带。人生很短，一个人如果老是在弯路上打转，就会浪费很多时间，很难到达自己的梦想之地。

就在这时，村主任来了。他是个面相和善的中年人，大约五十来岁，皮肤黝黑，身材魁梧，上身穿着灰蓝色汗衫，下身是一条黑裤子。他家里种着十多亩地，除了负责村里的一些事务，还得抽空去伺候他的地，虽是村主任，跟普通农民没有两样。

他说话不绕弯子，开口便说："宋望舒啊，你的稻田惊艳到我了！"

一秒钟后，他又更正："不对，是惊艳到专管领导和村委会所有人了。昨天晚上，大家一起来看过你的作品了。"

短短的话语里，他用了两次"惊艳"，这个时髦的用词是他从上高中的儿子那里听来的。他原本是个传统的人，并不习惯时髦的东西，可说到稻田，这个词居然从口里溜了出来。

"所以……"

"所以，您是同意让我画其他墙了吗？"宋望舒浑身的血液呼呼上涌。亢奋之中，他很没礼貌地抢了村主任的话茬儿。

"不，我可没有私自决定的权利，是经县里的专管领导和村委会的委员们共同讨论研究后，大家一致同意让你来画。我过来，就是要告诉你这个消息。不过，每一幅画都得先画好图纸，审核通过后，你才能画到文化长廊里。"村主任说得掷地有声，"好好干，可别辜负大家的期望啊！我们都看好你！"

心潮的涌动让宋望舒一时间说不出话来，"谢谢"二字也卡在喉咙里。等他回过神来，村主任已离开了。

"望舒哥，接下来，你是要画那面墙吗？"麦冬指着最大的那面墙问，那是曾经的小学教学楼东墙。

"再等等吧，我得先把其他的对付了，再慢慢啃这块大骨头。"宋望舒兴致勃勃地说。

"你会把睢鸠河画到上面去吗？"麦冬念念不忘那条河。

"哈，你说呢？雎鸠河是我们的母亲河，对于它的儿女来说，它永远是最伟大的河流，如果不画上去，就太遗憾了。"说到这里，宋望舒灵机一动，"要不我们也像画家那样去雎鸠河边转转，采采风？"

"太好了！我正想去那儿瞧瞧。很久没去了，我真是太想太想它了！"麦冬脸上的阴霾一扫而光，阳光在他的脸颊上雀跃起舞。

从文化长廊到雎鸠河边，得穿过一大片田野和密密麻麻的房子。宋望舒和麦冬各骑一辆自行车，穿行在被绿色簇拥的田间小路上，心情也像地里的庄稼一样生机勃勃。

经过自家门口时，宋望舒看见妹妹和木棉正在合欢树下做书签。上次急着去文化长廊，剩下的树叶便一直躺在兜里睡大觉，这天早上，宋苇杭才猛然想起这件事，叫来了她的伙伴一起做。

"哥，你们去哪里？我们正要去找你呢。"宋苇杭把一枚做好的书签往兜里一塞，冲了过来。

"采风。我们要去雎鸠河边采风呢。"不等宋望舒开口，麦冬便兴冲冲地回答。

"采风？"宋苇杭浑身的神经为之一振，"太好了，我也要去！"

"行，去吧，一起把风采回来。"宋望舒笑哈哈地逗乐,"一人采上一大把哦。"

木棉站在一边,不吭声。她原本打算玩一会儿就回去帮爸爸卖西瓜的——今天瓜贩子要来收购西瓜,爸爸眼睛不太好,她想帮他看着秤。可是现在,她多么想跟伙伴们一起去体验采风的感觉啊!

宋望舒见她眼里盛着心事,便问:"木棉,你想去吗?想去,就一起去吧。"

木棉点点头,又摇摇头,心里缠着一团乱麻。

"去吧,天天在家里多没意思啊!没准在河边还能发现你想找的侧柏的鳞形叶呢。"宋苇杭说着,挽起了闺蜜的胳膊。

说到侧柏,木棉心里的天平无声地倾斜了。"那——我也去。"

于是,宋望舒载着妹妹,麦冬载着木棉。两辆车,四个人,"浩浩荡荡"地朝屋后的雎鸠河骑去。

七　瘦河和它的儿女们

风像母亲的手指抚摸着人的面颊,空气异常清新,像用泉水洗过一般……

河堤很长,曲曲弯弯地盘绕在雎鸠河边,像条从岁月深处游来的蛟龙。他们骑着车在"龙"的脊背上轻盈地行驶,阳光似箭迎面射来,射得他们浑身上下亮晃晃的。往下俯视,堤内浅蓝色的小河正静静地流淌,与岸边青灰色的岩石、各色水生植物以及大片碧色的草滩辉映在一起,形成了彩虹般的织带。偶尔会遇见一个寂静的渡口和一只悠悠滑行的小船,给人一种安适惬意之感。堤外是一望无际的田野,田野中散落着一座座大大小小的房子,从远处看,就好像一朵朵彩色的蘑菇从庄稼地里冒出来,煞是可爱。宋望舒平时走得较多的是从镇上到家的西段部分。小堤以东的地方,他好久没来过,此刻感觉面对的是一幅崭新而清丽的水墨画。

他们朝东边走了大约八里多路,便被一座木桥拽住了步伐。细看,其实是一架硕大的船。这是位于睢鸠河最东边的水域,也不知是谁的创意,竟将一条废弃的木船搬到了这儿。巧妙的是,船头与河的北岸相接,船尾刚好紧贴南岸,如量身定制般成了两岸居民的简易桥。

四个人下了河堤,走到这奇特的船桥上,一个个兴奋得大呼小叫。麦冬和宋苇杭干脆蹲在桥边掬水,打起了水仗。木棉被他们逗得咯咯直笑。期间,宋望舒注意到离船不远的地方,几个穿着雨裤的男人弯着腰,半个身子淹没在水里,手里拿着一个带长柄的工具,正在泥水里摸索、捣鼓着什么。

不像是在捞鱼,也不像是在摸虾。他们在干什么呢?

"叔,水里藏着什么宝贝吗?"宋望舒冲着雨裤男人问。

其中一个直起身,回答:"歪渣子,知道吗?只有咱这条河里才有这宝贝。贵着呢!"

歪渣子?宋望舒在脑子里翻弄了一会儿,忽然想起——爸爸说过,最近,这条河里生活了几百年的歪渣子被好多人盯上了，大家都在河里捞，捞了卖给城里的餐馆。这种俗称歪渣子的带壳软体动物是河蚌中很珍贵的物种。他记得小时候经常看到那些可爱的小东西成群结队地爬到岸边，在水草边穿梭或是悠闲地散步，可现在很少看到它们的身影了。

它们一定是敏锐地意识到人类的目光已盯住了它们，所以藏到淤泥深处去了。可是有什么用呢？只要人类发现了它们的经济价值，就会想方设法地找到并捕获它们。

"砰——"一个闷闷的响声从那人腰间系着的蛇皮口袋中钻出来，紧接着，又是"砰砰"两声。宋望舒定睛一看，那几个穿雨裤的人正比赛似的，将满身是泥的歪渣子投进腰间的口袋里。其中一个竟然是令他哭笑不得的富贵大叔。歪渣子是一种很珍贵的软体动物。它们以滤食为主，是活生生的生物净化器，可以改善小河的水质。宋望舒想了想，决定跟他们好好聊聊。

"这河里的歪渣子不能捕捞了，如果……"

不等宋望舒说完，富贵大叔立马打断了他："怎么又是你？别跟我们扯这些没用的，我们只关心一天能捉多少个歪渣子，能换回多少钱。"

"可是，夏天是它们的繁殖季，如果把它们捕捞了，河里会少了很多歪渣子幼崽，以后就慢慢灭绝了，再也捞不到了……"宋望舒希望他们多少能听进去一些，暂时放歪渣子一条生路。

"以后？以后还远着呢，谁管得了以后？管好现在就不错了。"富贵大叔从鼻子里哼出一声，"年轻人，先管好你自己再说吧。"

宋望舒真是无语了。七月的阳光下，他无奈地皱着眉，露出一个惨白的笑——妈妈说的那些晒花乌龟，肯定就是这么消失的，死于人类的欲望和贪婪……也许，我的画不能局限于当下，还应将笔触拓得再宽些，宋望舒想。

几个小伙伴还在玩水，根本没注意到这边发生了什么。他们的笑声无法稀释宋望舒心里陡然而起的雾霾，反而让烦躁的情绪螃蟹爪子一样夹住了他。为了摆脱出来，他指着船桥大声说道："走，我们去桥那边看看！"

几个小伙伴纷纷响应。没想到，在这里竟邂逅了一片葡萄园。

葡萄园很大，色彩斑斓地浮荡在小河和河堤之间。走近细看，葡萄一串串，一团团，正在葡萄架上荡秋千呢，有的绿如翡翠，有的黄似蜜蜡……阳光像长着金色翅膀的小天使，在葡萄架上穿梭，使得每一颗葡萄都晶莹剔透，每一根葡萄枝都分外妖娆。在阳光飞舞的地方，明明暗暗、斑斑驳驳的光影水波般旖旎荡漾……

宋望舒的心里也荡起了光波，一小块一小块的光斑凝聚成团，眼前晃动的也不再是普通的物种，而是一幅鲜活的画。

正当他陶醉其间时，一个声音暴风骤雨般扑打过来："摘不得，摘不得啊！"

扭头一看，一个戴着草帽、穿着花衬衫的女人，正急匆匆地朝这边飞奔而来。等她跑近了，宋望舒才发现是村里的凤英婶婶。

几个人吓得一哆嗦。什……什么情况？

原来这片葡萄园是凤英婶婶家承包的。刚才，宋苇杭的馋虫被勾出来，忍不住要摘一颗尝尝。可是，手还没挨到葡萄皮，就被叫停了。

"幸好我来了，不然……"凤英婶婶喘着粗气，又气又急地瞪着宋苇杭，"你这丫头，怎么随便摘葡萄？如果吃到肚里，可就不得了了！"

"我……我只是尝一颗而已，又没打算摘很多！"宋苇杭委屈地噘起嘴。

"葡萄上刚打过农药。农药，你知道不？有毒，如果不下一场大雨，直接吃了会死人的！"凤英婶婶抬高音量，瞪着眼睛，老虎似的。

"啊——"宋望舒和几个小伙伴同时惊叫一声，身上的汗毛都竖起来了。

"国家不是在严管农药吗?听说高毒农药已经被淘汰了,特别是粮食和瓜果蔬菜的种植,已经被禁用很长一段时间。你怎么还会喷这样的高毒农药呢?"宋望舒惊诧地问。

这时候,凤英婶婶才注意到这个年轻人有点眼熟。她忽然想起来了——挖花树……借梯子……没错,都跟他有关。她不明白最近为什么老是跟这个年轻人掰扯不清。这让她感到莫名的不安和恼火。

"不用,虫子就泛滥,就没得收成。没收成,就得喝西北风。这年月,哪管得了这么多……"凤英婶婶的脸上埋着一层火。

"不是有无毒高效农药吗?"宋望舒反问。

"哪有这么神的药?即便有,价格也高得吓人,咱这普通品种的水果也用不起!好了,我还得干活,你们这些学生伢,还是哪儿凉快去哪儿的好。"她的眼神像把匕首,冷厉地从每个人脸上划过。

几个人只好悻悻地走出葡萄园。

走到园子外的篱笆墙边,麦冬从兜里掏出一个本子。"我得把这葡萄园画下来。"说着,他就用铅笔沙沙啦啦地画起来。眨眼工夫,一个潦草的园子出现在本子上,只是,并不太像。宋苇杭看了，说他画的不是葡萄树，而是一片杂草。

"可是，我宁愿它是一片杂草。"他一本正经地说。

宋望舒听着，不禁生出一些无奈。他一边走一边回头望，好像看着梦里的一个幻影——那么好看的葡萄园，那么好看的果子，怎么就跟毒药纠缠在一起了呢？如果万物生长都能纯粹些，如果种植能回到天然状态，那该多好！

不久，他们来到了葡萄园附近的树林里。

这里的野草蓬勃得出奇，节节草、狗尾巴草、车前子、点地梅……堆叠在一起，织成了一床巨大而厚实的毛毯。这是个让人想尽情撒欢的地方。

宋苇杭从自行车上跳下来，风一样朝林子里跑去。她好久没到这片林子里来了，记忆中还是几年前来过。那时林子里的树还小，草也瘦，跟现在的景象完全不同。一向内敛的木棉也高兴得手舞足蹈，麦冬的自行车还没停稳，她就急不可耐地下了车，追随着宋苇杭的步伐，钻进了林子里。

麦冬将自行车贴着一棵树支好，高声喊："瞧瞧这树林，如果不画到画里就太可惜了！"他斗志昂扬，恨不得把所有的美景都用画笔收集起来。

宋望舒笑呵呵地说："当然当然，这是必需的……"刚才还萦绕在他心头的不悦很快被铺天盖地的绿淹没了。

几个小伙伴蹦蹦跳跳地跑到草毯上，仰面朝天躺下来……天空一下子变得亲近了，太阳挽着树冠，树冠顶着白云，在他们眼前来回晃荡。那一瞬，时光静止了，像凝固的水滴镶嵌在七月的河畔。

这也是极美的画面呢！宋望舒看看天，又看看地上的三张脸以及他们舒展快活的身影，在心里勾勒着。不过没过多久，他的目光便被大大小小的草叶牵了过去，数不清的叶子在风里摇曳，拨开草叶，晶莹的露珠在叶子上滚动。叶脉在露水的浸润下，越发清晰和饱满，恍若纵横交错的河流。

宋望舒静静地凝视着这些"河流"，脑子里风起云涌：该如何给文化长廊最大的壁画布局谋篇？这一路走来，素材倒是不缺乏的，但该用什么样的线把这些珠子巧妙地穿起来？这个问题一直盘踞在他脑子里。他想啊想，想得脑壳都疼了。恍然间，耳朵里隐约传来"哗啦"一声响，仿佛有什么东西灌入身体，将他浑身的经脉打通了——他不禁一颤，这些埋藏在植物身体里的细管子，多么微小，又多么畅达啊，不仅完成了输送营养的使命，还描绘出大自然瑰丽的版图。如果能将这版图画到墙上去……想到这里，他的心突突跳起来。这几天，他一直在为怎么将那幅巨作画出新意而纠结,没想到此刻——在小河边,在大自然面前,答案竟像退潮后的礁石自己跳出来了。他激动得跳起来,原地转了个圈,又举起拳头像体育冠军那样使劲儿挥舞了两下。当他转过身,想和身后的几个小家伙描绘一下他的构想时,惊奇地发现他们已经在地上玩起了打滚比赛。

三个人骨碌骨碌地滚啊滚,滚得脑子里嗡嗡作响,滚得天空和草地在眼前飞速旋转。云朵和树木似乎交换了位置——树木住进了天空,云朵垂落到了地面。这个旋转的世界让他们忍不住大声尖叫。当他们终于从一个坡地滚到下面的平地时,忽然嗅到了一股奇异的香——这是至少一百种花香交织在一起的香味,有的轻轻浅浅,像若有若无的风;有的浓郁稠密,好似化不开的蜜……睁开眼睛,他们立刻被眼前的景象惊呆了。

"哥,哥,快来看啊,这里好多花!"宋苇杭喊道。

宋望舒快步朝那儿走去。

啊,目之所及,全是花朵。野外的花海不像圈养在城市花圃里的花,表情干净而纯粹,姿态真实而率性,云蒸霞蔚一大片,着实令人感到震撼!

有一种野花开得极其疯狂。小小的,纯净的蓝色,铺天盖地,像无数蓝色的小星星从天上坠落下来,眨着眼,汇成了蓝色的海。其实,它是乡下最普通的野花,路边、田间地头常常有它们的影子,只是稀稀疏疏的,从没有见过这么大一片。

"这是什么花?"宋苇杭弯腰摘了一朵。

"婆婆纳。"宋望舒说着,也采了一朵,拿在手心里细细地欣赏。

"啊,这么小的花也有自己的名字呀!"木棉惊叹。

"当然,大自然中的每棵草木、每朵花都有自己的名字,有一些只因为不是名贵品种,常常被人忽略。"

麦冬看了看,拿出笔和速写本,对着婆婆纳画起来。

"这种呢?叫什么?"宋苇杭的眼睛越过婆婆纳,落在另一朵野花上。

这是一种耀眼的花,开得热情似火,细长的枝干上顶着一朵朵金黄色的花,花瓣丝丝缕缕,像一个个金色的小太阳。

"金沸草。"宋望舒蹲下身子,捉住一个花头,仔细看了又看,"也叫白芷胡,是一种药草。"

木棉蝴蝶似的扑到花朵跟前,仔细地瞧:"如果把它们摘下来风干,做成漂亮的书签,说不定是妈妈喜欢的……"兴奋让她的脸红扑扑的,像金沸草的花瓣一样热烈。她索性摘了一朵。

麦冬也拿着他的纸笔凑过来,对着花唰唰地画起来。

再往四周看去，她们还看到了个子高高的、开着小白花的一年蓬；叶子像竹叶、花朵像小蝴蝶的鸭跖草；藤蔓缠缠绕绕、花朵像小喇叭的田旋花……

见两个女孩看得痴迷，宋望舒说："其实，我们身边的大自然一点也不缺乏美，只要用欣赏的眼光去看，处处美丽而神奇。在文学家的眼里，它是一本看不厌的书；在画家的眼里，它又是一幅没有尽头的画卷。"

此刻，麦冬忙得团团转，他恨不得拥有三双眼睛六只手，这样就可以快速完成他的植物速写了。

宋望舒还在草丛里发现了一种有趣的果子，橘红色，呈倒卵形，上面长满毛刺，如一只只小花瓶垂挂在长长的枝条上。

"尝尝？"宋望舒摘下两枚，把上面的毛刺用衣角搓擦干净，一枚递给木棉，一枚递给妹妹，"这果叫糖罐子，可以吃的。"

"这也能吃？毛乎乎的，不会毒死人吧？"宋苇杭接过小果子，用怀疑的眼神盯着它。

"放心，我很小的时候就吃过。"宋望舒说着，又摘了一枚，嘎嘣嘎嘣地咀嚼起来。

这下，两个女孩放心了一点。她们小心地将果子放进嘴巴里，也嘎嘣嘎嘣地咀嚼，果然甜甜的，如糖似蜜。不过当她们咽下时,却发现非常拉喉咙,像一把小锉子一下一下地锉她们的喉管似的。宋苇杭一张口,将它吐了出来。木棉腼腆些,皱了皱眉,没好意思吐出来。

宋望舒大笑:"哈哈……吃惯了苹果、梨子、香蕉,吃不惯这土味了吧?"

宋苇杭撒娇:"什么鬼东西嘛,哥净骗人!"

"哪能骗你?这可是一种能治病的小果子,奶奶说,很久以前睢鸠河畔的人还用它熬糖呢!"

"真的?"

"真的,不信你回家问妈去。"

于是,宋苇杭又摘了一枚,使劲儿嚼碎,再慢慢地将它吞下去。这次,拉喉的感觉似乎好了一点。木棉见状,也嘎嘣嘎嘣地嚼起来。

麦冬没有品尝的兴致,仍在旁若无人地画啊画,那些纸已经被他画得密不透风。

宋望舒见了,心想:"他爸妈不让他画画,是因为没看到他画画的样子。真是可惜——"这样一想,他索性拿出手机,悄悄拍下了这一幕,打算找机会发给他们。

过了一会儿,宋望舒弯下腰,低着头在草地上来来回回地走,好像在寻找什么。

"哥,你在找什么呢?"宋苇杭问。

"很美味的一种果子。"宋望舒头也不抬地说。

"那是什么果子？"

"灯笼果。记得小时候河边到处是它们的身影，我吃过好多。"

"灯笼果长什么样呢？"宋苇杭感到稀奇。

"它呀，样子很特别，圆溜溜、亮晶晶的，像颗红宝石，外面还穿着薄薄的罩衣，跟一只袖珍版的灯笼差不多。没成熟时，罩衣是绿色的，成熟后就变成黄澄澄，或是红彤彤的，有的还会逐渐变得薄如蝉翼，就像换了件蕾丝裙。最最关键的是它的味道，酸酸甜甜，汁水四溢，吃一颗，保证你永生难忘……"宋望舒抬起头，咂巴着嘴，接着又低下头，继续寻找。

听了宋望舒绘声绘色的描述，两个女孩兴趣大增，也弯下腰低下头寻找起来。

三个人像寻宝一样找了好久，不知不觉已绕着树林转了整整一圈。可是，那种诱人的野果并没现身。它们好像钻进了地表的缝隙里，不愿再露面了。

"看来是找不到了。"宋望舒失望地环顾四周，叹出一口气。

"为什么就没有了呢？我就不信找不着。"宋苇杭不甘心，仍倔强地埋头找着。

"别找了,估计是害怕人,躲起来了。"

"为什么?"宋苇杭一时没反应过来。

"不知道。但我感觉和农药的使用有关。除了葡萄园使用的那种杀虫药,还有除草剂等五花八门的药物。附近的农民们在稀释药物时,会用雎鸠河里的水,废弃的药瓶随意扔在河边……"

宋望舒说着,脸色凝重地叹出一口气:"我有种可怕的预感——还会有许多物种悄悄消失!"

宋望舒的话让三个小伙伴陷入了沉思。他们久久地望着林子北边的小河,麦冬也从他的稿纸上抬起头来,望着那儿出神。

此刻,雎鸠河像一条淡蓝色的丝带在他们前面浮荡。它不像夏天的河——往年这个时节,小河总像个爱制造恶作剧的少年,会化身滚滚波涛,大声咆哮着在树林里乱窜,然后往河堤上攀爬,一直爬到堤沿边上。今年的河不知怎么了,文静得出奇。在烈日的炙烤下,它越来越瘦,一直往河床下蜷缩,害得那些原本生龙活虎的水生植物也不得不缩了身子,跟随着它往下扎。

宋望舒还发现,小河里的荇菜和茭白也不见了。他还记得荇菜的叶子像绿色的小碟子,开着小黄花。《诗经》里写"参差荇菜,左右流之",《颜氏家训》里说"今荇菜是水有之，黄华似莼"，就是指它生在缭绕的清水中，有一颗清澈之心，而且像莼菜一样滑嫩、美味。他将目光投向河面，努力打捞着儿时的记忆碎片。恍然中，他似乎看见爸爸划着一只小船，从荇菜中掠过，而十来岁的他坐在船头，一伸手就捧起了一棵……还有那些茭白，多像秋天的月光，散发着新鲜而洁净的气息。

宋望舒的眼睛深处笼着雾一般的惆怅。他真希望那些消失的物种还在这条小河的某个角落里。它们只是在和他捉迷藏——偶尔消失一段时间，过后就又出现了。

不觉间，太阳已升到头顶。它又开始兴风作浪，和天底下的万物较劲了。这样的时刻，路上行人稀疏，风也收敛了翅膀。宋望舒决定先在树林里休整一下。

他的提议得到了几个小伙伴的赞成。在浓浓的树荫下，他们席地而坐。

宋望舒注视着河面，那河面似乎又沉落了些，瘦了些。他忽然意识到，今年的夏天热得早，也热得古怪。白天晒，夜晚蒸，除了清晨的一小片凉爽时光，一整天像一场热腾腾的马拉松长跑。

地球的环境是不是发生了颠覆性的改变？太阳的热度是不是超越了它本身的能量？河里的水会被无休止的热量吸干吗？这一切是因为什么……宋望舒陷入了沉思。

毫无疑问，一切都是人类自己的问题。对大自然过度开采、利用、浪费和破坏……

想到这里，宋望舒头皮发麻，心里的惶恐又加重了几分。他忽然觉得，自己如果还算得上是个合格的画师，就应该用手里的画笔把这块土地上消失不见的物种找回来，让它们重新在大家眼中出现。

"没错，必须找回来，不然我们会失去更多……"他暗暗对自己说。

一旁的几个小伙伴没注意到宋望舒的表情变化，他们正盯着河面，喳喳地争论着一个在他们看来十分重要的问题。因为就在宋望舒思考问题的瞬间，他们看到一只鸟儿飞快地掠过水面，嘴里叼着一条活蹦乱跳的小鱼。他们正脸红脖子粗地争论：这究竟是鹈鹕还是白鹭？不知何时，太阳柔和了些，一股风不知从哪里钻了出来，把身旁的大树吹得哗哗作响。

宋望舒抬头看天，只见一团乌云遮住了太阳大半张脸。他望了一眼河面，说："走吧，快下雨了。"

"等等，我的写生还没有完呢，能在这里多待会儿吗？"麦冬意犹未尽地说。

"多待会儿，就成落汤鸡啦！好了，我们还是找机会再来吧。放心，暑假这段时间，我们肯定还会来的。"宋望舒说。

"那——好吧。"麦冬说,"这次来,我发现这条小河跟我小时候见过的不太一样。"

宋望舒故意逗他:"眼皮子离开手机和游戏,就看到了不一样的美吧?"

麦冬抿了抿嘴,脸红耳赤。

木棉和宋苇杭欣赏他的速写,只见最上面的那张白纸上画着一群挺水植物,还真有几分神似。

回家的路上,宋苇杭问哥哥:"今天你采到风了吗?"

"你说呢?"宋望舒耸耸肩,很自信的样子。

"麦冬把风采到了纸上,那你呢?"宋苇杭又问。在她看来,哥哥只是带着他们沿着睢鸠河溜达了一圈,好像并没做什么。

"用眼睛去看,用耳朵去听,用鼻子去嗅,用嘴巴去尝,用手去摸。然后深深地记在心里。"

"这样就采到了?"

"是啊,在广阔的大自然里,要想采集到美丽的风景,靠的是自己的感官。"

"这么说,我也采到风了?"宋苇杭咧嘴一笑。

"哈哈……应该是。大自然的风缠绕着你,你不想采都不行呀!"

宋苇杭扭头冲着木棉喊:"那你呢?你采到风了吗?"

木棉笑而不语。她不清楚有没有采到风,只是隐隐感觉有风吹进了她的心田,让她全身上下的毛孔都张开了,就连呼吸到的空气也是甜的。

这时候,太阳从乌云的魔爪下挣脱出来,睢鸠河畔重新披上了金纱。滚烫的风从小河上空吹来,吹过田野、树林、花朵和蝉鸣,也吹散了孩子们心头的芜杂……

八　一片好大好大的树叶

回去后，宋望舒一分钟也没有停留，他先是一幅一幅地画草图，然后一幅一幅地画到墙上去。大约一个月后，大大小小的墙壁便被图画占据了。

现在，轮到最大的那面墙了。它长十来米，高约五六米，真是大得吓人。宋望舒说这是最大的一块"骨头"，他得慢慢"啃"。

八月中旬的一天，秋老虎仍蛰伏在这块土地上。天上尽是白花花的鱼鳞斑，无比晃眼。在几个小伙伴目不转睛的注视下，一片巨大的树叶缓缓地落了下来，青色的，像从夏日傍晚裁下的一大片云霞，无声地覆盖了这堵墙壁。

宋苇杭看得目瞪口呆——她不敢相信，哥哥怎么会在这么大的墙壁上画一片这么大的树叶？难道他花了这么久的时间酝酿，就是为画一片树叶？她后悔这几天只顾着玩，没提前看看哥哥的画稿。不过在这么大的墙上画一片这么大的树叶可不是件容易的事——首先是之前那架长腿梯子在墙壁前忽然间显得矮小了，宋望舒站在梯子顶端，伸长双臂，也没法够到墙壁的上方。他左思右想，想到了脚手架——那种经常搭在建筑物外墙上，供工人们施工用的架子。可是这种东西在村里并不常见，到哪里才能弄到呢？他抠破脑壳也想不出，只好再次向爸爸求助。

这几天，爸爸忙得很。他必须尽快把一种名叫花甜糯的嫩玉米采收了，用货车拉到县城的超市去卖。这是一种口感极好的玉米，和它的名字一样，白紫相间，香甜软糯。爸爸从去年开始引进这个品种，采用的是无公害种植方式，很受城里人欢迎。

接到宋望舒的电话时，爸爸正和他的"大力士4号"穿行在玉米林中。在火辣辣的烈日下，他像个威风凛凛坐在坦克上的战士。无数的玉米叶朝他的脸颊和胳膊拍打过来，又生硬地拂过去。机器的轰鸣声把儿子的声音吞掉了许多分贝，他踩了一下刹车，采收机立刻停下，轰鸣声也戛然而止。他大声说："脚手架？儿子，你是说脚手架吗？我知道了……没问题，让我想想……不用担心，我铁定帮你弄到……好了,就这么定了,等着我!"

　　采收完玉米,开着小货车回家路上,爸爸的脑子像风车一样呼啦啦地转着……他首先想到了一个老同学,他是做工程的,肯定会经常和脚手架打交道。于是,他停下车,开始打电话。这个电话真难打,好半天才打通。遗憾的是,老同学两年前就转行了,他的脚手架也低价卖给一个朋友。不过,他说可以帮忙去找。于是,爸爸开着小货车又跑了很远的路,终于从这个朋友那里找到一个铝合金脚手架。这个脚手架轻盈而结实,采用积木式组合设计,不需要任何安装工具,只需要整体拉伸便能快捷地搭建好。爸爸看了,非常满意。可难题也随之而至——它的体积实在太大,即便收拢,小货车也没法盛下啊,而且不能拆卸,怎么才能运回村里呢?

　　爸爸低下头细细观察了一番,竟意外地发现它的下方有四个脚轮。这下,办法有了——爸爸找来一根绳子,将脚手架绑在车厢后面。他慢慢地开车,脚手架也随之慢慢往前移动。车子不能快,快了,那四个小小的脚轮可招架不住。于是,他的小货车就像蜗牛一样以极慢的速度爬进村子,又小心翼翼地爬到文化长廊。

　　麦冬是最先看到脚手架的人。

　　"看,那是什么?"他吃惊地盯着货车后面的物件大喊。

剩下的三个人一起朝那儿望去。

"脚手架！我要的脚手架到了！"宋望舒高兴得叫起来。他看着父亲，崇拜和感激之情在心田里叠生。从小到大，只要是他向父亲求助的事情，父亲从没有让他失望过。

等到爸爸将车子停稳，宋望舒赶紧过去帮忙，几个小伙伴也纷纷加入进来。爸爸像个队长，一边当好主力，一边指挥着大家。在彼此的配合下，脚手架终于成功地搭在了最大的墙壁前。

看到儿子稳稳当当地站在上面忙活起来，爸爸聚集在一起的五官才缓缓舒展开来。临走前，他没有忘了去看看儿子之前在墙壁上"种植"的那片稻田。画面如此熟悉，如此鲜活，一支支穗子微微低垂，在空中画出柔美的弧线，饱满的谷粒闪烁着金色的光芒……这样的画，也是他一直想画的啊，只是生活太忙太累了，他终究没能完成自己的夙愿。不过现在好了，儿子替他画出来，也是一件欣慰的事情。他静静看着，脸上的笑容一点点绽开。

宋望舒站在脚手架上，起初照例是处理墙面。待一切准备工作就绪，画笔才在他的手中灵巧地舞动起来——先是一根长长的线条，游龙般从白色的墙面画过，画出一道美丽的弧。紧接着，又一根线条画过，与之相交，那片树叶的轮廓就慢慢呈现出来。宋望舒用蓝色、绿色和水调出一种淡淡的、若有若无的颜色，然后用喷枪喷了上去。宋苇杭看着这片树叶，眼前闪现出那日在雎鸠河畔看到的树林。那么多的树，一棵挨着一棵，哥哥为什么单单只画一片叶子？还有那条小河和河边的花，哥哥不是说要画它们的吗？她有种如坠云雾的感觉。

麦冬也伸长脖子看着。他已经在这里看了整整一个上午。直到此刻，他才看出一点眉目。是一片巨大的树叶！他从没看到过这么大的树叶！这片树叶在他眼前晃动，让他想到河流和小船。

望舒哥哥为什么要画一片像船一样的树叶呢？难道他不打算画小河了吗？

麦冬将目光转向正执笔画画的宋望舒，只见他的脸由前几天的鲜红转成了紫红色，有几处还冒出了痘痘，但他全然不在乎，眼睛里只有线条和色彩。过程中的每个步骤，他都一丝不苟，总在不断调整、修改，特别是在调色时，一会儿加蓝色丙烯，一会儿加绿色丙烯，一会儿搅拌，一会儿试色，一会儿又加水……那样子真像个手艺精湛的美食家，正在精心烹饪一道美味。

天依然热得要命，太阳像个怪兽，呼呼喷吐着岩浆般的气体。麦冬不一会儿就眼花缭乱，心跳加速。当那片淡青色的树叶完整而清晰地呈现在眼前时,一股来自旷野的清新之气扑面而来,他禁不住深深吸了一口……

木棉也目不转睛地看着那片树叶。看着看着,她恍然觉得树叶变成了飞毯,在她头顶一圈一圈地盘旋。她想坐到飞毯上,让它带着自己一直一直地飞,飞向妈妈居住的那个城市……

这时候,几个从这儿路过的村民发现宋望舒站在这么高的脚手架上涂鸦,觉得新鲜。但当他们走近细看,又觉得这是在瞎胡闹。他们看不懂墙上画的是什么,因为在他们的世界里,树叶不可能这么大,一片这么大的树叶如果能跑到墙上去,那地里的庄稼还不跑到天上去?所以,他们宁愿把它想象成一把笤帚。可是,一把时常与灰尘打交道的笤帚有什么看头呢?

"走咯,走咯,伢子们在这里闹着玩,我们可不能。地里的活儿还等着我们干呢!"不知谁喊了一声,看热闹的人便一哄而散。

临走时,有几个人不无嘲讽地窃窃私语。

"这是谁家的儿子?还蛮会玩,玩到墙上去了。"

"宋伟的儿子啊。人家那是画画,将来要当画家的。"

"画的什么玩意儿嘛!是扫帚吗?哈哈哈……"

…………

宋苇杭听到最后几句,心里火星子直冒。她狠狠地白了他们一眼,真想说:"这幅画才刚刚开始呢,就乱下结论!"最后,她咬咬牙,忍住了,因为不想打扰哥哥。

幸好宋望舒的注意力全部集中在那片树叶上,根本没有留意到周围的声音。几秒之后,他的手仿佛倾注了千钧之力,紧紧握着画笔,顺着叶子的尾端向顶端画去。那么轻、那么静的线条就这样从他的笔尖缓缓流淌出来。

起初,宋苇杭还不明白这条线究竟代表什么,不过随着画笔游蛇般的舞动,更多细小的线条在叶子上显现出来,她才明白哥哥画的是一片树叶的生命线——叶脉。

有了叶脉,就像人有了骨架,这片叶子立刻鲜活起来。夏天的阳光射过来,给它镀上了一层金光。可是如果你认为宋望舒只是在画一片树叶,你就大错特错了。

因为接下来的时间,令三个人备感震撼的是,那些叶脉将这片硕大的叶子分成了几个大小不一的板块,每个板块里都装着一片风景。至于中间最粗重的那条主叶脉,它其实是一条浅蓝色的河流。细看,那不是雎鸠河吗?

紧偎着小河的是一片树林。一棵又一棵白杨树,像站在河边的战士。它们姿态卓绝,傲然矗立,树冠上顶着朵朵白云,树脚下野花缤纷,蝴蝶纷飞,阳光从枝叶间漏下来,恍若金色的小鱼在林间穿梭……

"啊,这是我们那天采风时看到的!"宋苇杭激动地叫起来。

"对,画得太好了!"麦冬满脸敬慕。

木棉一双眼睛紧盯着宋望舒的画笔,生怕错过了它施展魔法的精彩瞬间。

接着出现的是芦苇。盛夏的芦苇十分茂密,映着苍蓝色的天空,越发显出天地间的洁净蓬勃。细看,每一棵芦苇的姿态都不相同,直立的、倾斜的、迎风招展的、低头沉思的……无数的叶子像柔韧的剑,向四面八方伸展,蔚为壮观。

宋苇杭忍不住惊呼:"啊,这是小河西边的芦苇!画得真像啊,哥哥不会是神笔马良吧?"

"哈哈,如果是马良,那我就把恐龙给你们画回来!"宋望舒扭头一笑。

宋苇杭心想:那些说风凉话的村里人真应该现在来看一看,如果看了,他们就不会说那样的话了。

九　侏红小蜻

画卷仍在铺展，在这个滚烫的夏天。

从树林到芦苇坡，又从芦苇坡到田野。

从田野到葡萄园，又从葡萄园到河滩。

....

一天又一天。

于是，那片飞翔的大树叶便一天天丰满、明媚起来。

到了八月下旬，画卷进入尾声。空气中仍流淌着火焰，连续一个月没落下一滴雨，整个村子好像要着火了。宋望舒和他的小伙伴们没有被酷暑打败，每天清晨，当太阳从雎鸠河上空冉冉升起，他们的身影就准时出现在文化长廊的墙壁前。树上的蝉仍在叫，一声又一声，叫得整个文化长廊热闹沸腾。

宋望舒的血液也在沸腾。这幅画卷就要完整地呈现在眼前，他没法不激动。这是他与烈日抗争的战果，是他一直想描绘的现实与梦境。不管好坏，他总算是竭尽全力画下来了。

现在，他要在这片树叶的最后一块空白处，画下他心里的荷塘。

宋望舒站在高高的脚手架上，手握画笔，身子微微前倾，眼睛久久凝视着两条叶脉之间的空白。他的脑子一秒也停不下来，一边回忆实景和画稿，一边在脑子里对比、筛选。伴随着新灵感的乍现，他便推翻先前的设想，重新构图。

好一会儿后，他的手终于挥动起来。画笔下，一片荷塘慢慢呈现：大的荷叶像簸箕，小的似圆碟，一片又一片，错落有致。荷花从叶缝中冒出来，一朵，两朵，三朵……每一朵都婀娜多姿。野菱角的芜蔓一簇又一簇，细白的小花正羞涩地绽放……

"真美啊！"三个人不约而同地赞叹。

宋苇杭和几个伙伴正看得入神，一只红色的小生灵从哥哥的笔尖飞出来，静悄悄地落在一朵娇羞的花骨朵上……

它个儿极小,却红得耀眼,好像一粒火星子溅到了池塘里。细细一看,它的眼睛和身子都是红的,翅膀是透明的,泛着红色的光泽。

宋苇杭忍不住惊呼:"哇,这是什么?怎么像蜻蜓?"

宋望舒没有回答。他的双目紧盯着面前的墙壁,手臂抬得高高的,笔尖却在下沉,一微米一微米地下沉,沉到那只动物的腿上……一笔,两笔……每一笔都柔中有刚。

"嘘——"麦冬竖起手指,示意她不要出声。

宋苇杭吐吐舌头,赶紧闭嘴。

木棉眼睛一眨不眨地盯着宋望舒的笔尖,似乎周遭的一切都与她无关。

"好了!"几分钟后,宋望舒长长地舒出一口气。

"好可爱啊,我怎么从来没有见过这样的蜻蜓?"宋苇杭的眼睛瞪得大大的。

"我也没见过。"麦冬和木棉同时说道。

"这不是真的,是哥哥想象出来的吧?"宋苇杭问。

宋望舒摇摇头:"错!我的想象力再好,也想象不出这样的蜻蜓。"停顿了一下,他接着说,"小时候的黄昏,村里池塘周围有好多呢,一群一群的,把天空都映红了。"

"世界上还真有这样特别的蜻蜓啊!"

宋望舒点点头:"嗯,这种蜻蜓叫侏红小蜻,是蜻蜓中的侏儒,长不大,却玲珑可爱,数量稀少。只是几年前销声匿迹了……"说到这里,他的脸上掠过怅然若失的神色。

为什么会突然销声匿迹呢?

木棉说:"它们可能搬家了,搬到更美丽的地方去了吧?"

"不对。咱们这里不也挺美的吗?"麦冬反驳。

宋苇杭插进来:"还美呢,你去看看村里的荷塘,都快被可恶的水葫芦霸占了,估计再过几年,荷花就被它们吞没了。"

宋望舒想告诉他们,水葫芦是无辜的,人类才是导致一切变化的罪魁祸首。不管是有心还是无意,有些生灵消亡了,有些却意外地蓬勃起来,这都是生态失衡的必然结果。

可是,这样跟一群小孩说话,未免太复杂沉重了。他想了想,简短地说道:"别担心,也许我的画可以把它们唤回来。"

真的能唤回来吗?其实,他心里也没底,有时甚至很迷茫。

这时,宋望舒的同学朱文浩走进文化长廊。听说宋望舒在这儿画画,他一直想来看看。没想到刚进来就听到了他们的对话,这让他平静的心田荡漾起来。

"宋望舒,你说我家旁边那个美丽的小树林能回来吗?它被人毁了,变成了臭烘烘的养猪场!"朱文浩激动地说。

宋望舒吃了一惊,但很快镇定下来,微微一笑:"也许小树林回不来,但只要努点力,神清气爽的空气总能回来。"

就凭墙上的画?朱文浩使劲摇头,表示严重怀疑。他在社会上混了这么久,最深的感触便是"梦想很丰满,现实太骨感"。

"你真是个理想主义者,等踏入社会,你就知道现实的厉害了。这些村里人的思想比我们村口那棵老槐树还要老,你想改变他们?痴人说梦。"朱文浩是个直肠子,说话也是巷子里赶猪——直来直去。

宋望舒尴尬地笑笑:"你的意思是我做这些毫无意义?"

"你说呢?"朱文浩反问。

这盆凉水浇得宋望舒一激灵,答不上话来。难道我的画笔真的没法改变什么,也没法唤回什么?

不过,他的满腔热情也不是这么容易就被浇灭的。抬头看天空,太阳火辣辣的,炙烤着大地。

十　毁灭

画完这面墙壁，宋望舒感觉浑身上下散了架似的。他把自己扔到床上，睡了个天昏地暗。

第二天中午，妈妈从合作社回来，做好饭叫他起来吃，他明明听到了，却怎么也醒不过来。妈妈叫了几次，叫不醒儿子，心里便长了毛似的。她慌里慌张地叫来了爸爸。

爸爸很镇定。他俯身看了看宋望舒，又摸了摸他的额头和脸颊，说："莫紧张，儿子只是累坏了。让他睡吧，睡是药，等他睡好了，就又能打死一只老虎了。"

这些话，宋望舒听得真真切切。可他使出浑身解数，就是睁不开眼睛，身体也动弹不得。

还好，睡了足够多的觉后，宋望舒终于醒了。醒来后，第一件事是给村主任打电话。他得让村主任去验收他的劳动成果。不久前的一个傍晚，村主任到文化长廊去过一次，看着墙上的画，频频点头。他说："不错不错，虽然我不太懂这个，但是你这画，我看着爽目、亲切。每幅画都能让我们一眼看出是在哪块地方、哪个旮旯。瞧这树林、芦苇、池塘……都能对上号，这才是我们自己的村、自己的画，不生分……"村主任的肯定让宋望舒更有信心了，他跟打了鸡血一般更加用心地画，有时夜幕降临了，他还舍不得离开。他将手机固定在墙壁上，借着手机中的光画啊画。月亮和星星将银色的光辉洒下来，水一样流淌。

想必村主任看到这幅完整的巨作，一定会比之前更开心吧？

伴随着手机铃声，宋望舒的心里有欢喜、激动，也有莫名的紧张。

几秒钟后，电话通了。

"我正要给你打电话。望舒啊，那面大墙出了问题！"村主任的声音异常沉重，好似闷雷滚动。

"什……什么问题？"宋望舒的心咚咚咚跳得飞快。

"墙皮大面积脱落！"

这句话犹如晴天霹雳，宋望舒瞬间呆住。他知道，这意味着毁灭，意味着好多天的努力都打了水漂。几秒钟之后,他才反应过来,"怎么……会……会呢?"

"按说是不应该,最近一直干旱,也没下雨……"村主任顿了顿,似乎在思考如何回答这个艰难的问题,"可能是年代太久,墙面老化了……"说着,他深深叹了口气。

宋望舒望着窗外,脑子里轰然作响,嘴里说不出一句话。窗外是一望无际的田野,稻子已经被割走了,稻茬还七零八落地残留在地上,仿佛他此刻的心情。

"那……那该怎么办呢?"好一会儿之后,他才艰难地吐出一句。这个简单的句子让他的舌头沉甸甸的,耗费了很大气力。

"当然要先修补墙面,再重新画。"村主任说。

"……"

精疲力竭的感觉像海啸一般席卷过来,宋望舒嚅动着嘴唇,不知道该说什么。他能说这么多天来他的皮肤晒煳了,嘴巴起泡了,舌头长疮了,都是为了那堵墙吗?他能说为那幅画卷掏出了五脏六腑,现在整个身体空荡荡的吗?创作激情就像大河里的水,一泻千里之后便覆水难收,很难在短时间内再次奔涌——这个,只有真正搞过创作的人才能懂。

"你还能行吗?"似乎感到了异常,村主任的语气平和下来。

宋望舒不说话。不知什么时候,他的眼眶里已蓄满泪水——他不能接受这个现实。

"说话呀,孩子,你怎么了?"主任有些着急了,"我的意思是如果墙壁修好了,你还能再画吗?"

宋望舒挂断了电话。他没法回答。如果满腔热血在顷刻之间付之东流了,你还能说什么呢?

"怎么了,哥?"宋苇杭被哥哥的样子吓坏了。其实,她走进哥哥的房间已经有好一会儿了,哥哥和村主任的对话,她听不太真切,但从哥哥的表情中,她嗅到了失败和悲痛的气息。一种很坏很坏的预感正在她的胸腔里升腾。

宋望舒回过神来。男儿有泪不轻弹,他可不想让妹妹看到自己糟糕的样子。于是,他使劲眨巴了几下眼睛,把即将落下的泪吸了进去。

"没事,小杭,别担心。"他试图给妹妹一个笑脸,可这笑实在太难看了。

"撒谎,一定有事,快说!"宋苇杭盯着哥哥的眼睛。

宋望舒扭头看着窗外。与其说是逃避妹妹的追问,不如说他在逃避自己。

"是不是那幅树叶画卷被弄坏了?"宋苇杭问。

宋望舒点点头。

"不可能呀,我们那天离开的时候还好好的呢,是不是哪个坏家伙在故意捣乱？"宋苇杭的眼睛蒙上了悲愤的色彩。

宋望舒摇摇头，他实在不想再讨论这个问题。对于他来说，每提一次，就相当于用尖刀在伤口上再划一次。

"我猜想是风把它撕坏了。昨天晚上，是不是起大风了？"

宋苇杭还在推测，宋望舒已自顾自地下楼。

"如果不是风，就有可能是……"宋苇杭紧追不舍，一边咚咚地下楼，一边继续推理。

宋望舒快速穿过屋后的菜地，走到了通往雎鸠河的小路上。

他想一个人静一静——但凡遇到烦心事，他都喜欢在雎鸠河边静一静。河边的风很清凉，可以拂去内心的烦躁和凌乱。

宋望舒走得很快，眨眼工夫就消失在路的尽头。

宋苇杭大概懂了。她站在屋后，远远地看着哥哥，直到哥哥的背影消失在路的尽头。

宋望舒满脑子都是那堵墙——墙体四分五裂，墙上的"树叶"被风浪卷起，"叶脉"里的画破碎，掉落……他恍然听到了大地撕开的声响。那是他的心血啊，是他的梦。

泪水再次涌了出来……

我还能画吗？

即便想画，我还能画出那样的画吗？

有创作经历的人都知道，每幅作品的诞生都不是轻而易举的，它是灵感、激情、时间、毅力和心血等多种元素凝聚而成的。好的作品无法复制，就像高山上的雪莲，可遇不可求。

河边的风徐徐吹来，河里起了涟漪，一圈圈扩散，消失，很快又归于寂静。

宋望舒久久地看着那些不断绽开又不断消失的涟漪，不知过了多久，终于慢慢平静下来。他想：也许，一个人的一生也像这河里的涟漪一般，会经历无数次的盛放和凋零吧？只是人比水脆弱得多，也比大自然中的草木娇气得多，总会表现出过度的激愤。

"多大点事啊，宋望舒，你是不是太矫情了？"宋望舒深吸一口气，对着自己的影子说。他的脸泛着微微的红光，身体里隐约传来草芽复苏的声响。他站起身，甩甩额头的刘海儿，孩子气地对着小河喊了一声："不要认输，宋望舒，你不会输的！"

他一个转身，大踏步朝河堤上走去。

"哥哥，等等我！"

宋望舒扭头一看，是妹妹。

宋苇杭担心哥哥,所以他前脚刚走,她后脚就跟上来了。她轻轻地走,轻轻地坐,轻轻地呼吸,生怕惊动了哥哥,以至于在距离哥哥五米开外的一棵树下坐了好久,宋望舒都没有发觉。直到看见哥哥脸上的灰色慢慢褪去,并喊出那一嗓子,她才现身。

"你怎么来了?"宋望舒吃了一惊。

"哥哥能来,我也能来嘛。这条小河又不是你一个人的!"

"哈,也是啊……"宋望舒摸摸脑袋,咧咧嘴,掩饰着自己的窘态。

"哥哥打算怎么办?"

"什么怎么办?"

"文化长廊的那面墙啊。我们要不要去看看?"宋苇杭说着,皱了皱眉。

"看,当然得看。咱们去向它告别,再重新开始!"

可是,当宋望舒和妹妹赶到那儿时,还是被眼前的一幕戳伤了。

墙上斑斑驳驳,好像遭受过野兽的袭击。树叶不见了,荷塘、树林和田野都不见了。残留在上面的颜料还那么新鲜,就像心里滴落的血。地上铺了一层落叶似的墙皮。那些墙皮花花绿绿,每一片上都有碎裂的风景。风吹来,墙皮翻飞,飞向文化长廊的角角落落。有的钻进下水道,有的飞到树枝上,有的倏忽间不见了……

宋望舒泪水夺眶而出……

"年轻人,跌倒了要赶紧爬起来,如果不爬起来,你就只能永远趴在地上!"一个声音在身后响起。

宋望舒一扭头,看见村主任正用复杂的眼神望着他。

"我还会重新画的,你放心。不过不是现在,您能给我些时间吗?"宋望舒咬咬牙,强打精神。

村主任点点头,满眼欢喜,一种父亲的慈爱从言语间溢出来:"我就知道你不会让我失望的。当初我没有看走眼,你小子果真是打不死的硬汉。好样的,只要你还能画,什么时候都行!"

从文化长廊里走出来时,院门外站着几个看热闹的村里人。他们的脸上没有幸灾乐祸,也没有同情(可能觉得一切都跟他们无关),只有疑惑。他们可能有点奇怪:那些花花绿绿的画,又不是庄稼,又不能当饭吃,这个画画的伢子怎么就这么较真呢?

宋望舒躲避着他们的视线。

抬头看天,白色的云朵正在他头顶变幻出诡谲的模样。他忽然有点眩晕——咦,前面还有什么在等着我呢?

不管怎样,我都要画下去!

下卷　冬

一　扇子上的小河

宋望舒再次提笔时，已是冬天。

近几年，睢鸠河畔的冬天越来越暖和，很少看到雪，也很少看到小河结冰。只有风仍旧是猖狂的，在大地上横行霸道。它嘶叫着，从村子的北边飞奔到南边，又从南边到北边。田头的蒿草焦黄一片，树上残留的枯叶如惊慌的蝴蝶……

宋望舒迎着大风回到故乡。在学校的日子，他每天都会想起那面墙。所以，学校刚放寒假，他就马不停蹄地回来了。

他和几个"小尾巴"再次来到文化长廊时，曾毁坏的墙壁早已被修缮一新，摸上去细腻光滑。这倒省了不少处理墙面的时间。宋望舒打开熬了几夜才完成的新画稿，握起画笔勾勒出一根根轻盈的线条。

在线条与线条的交接中，一把折扇的轮廓慢慢浮现。这把扇子含着浓浓的中国古典韵味：淡淡的天青色——那是清晨的第一缕天光落在雎鸠河的绿波中呈现的色彩，清雅干净，不染一丝尘埃；扇子下端缀着浅黄色的流苏，<u>丝丝缕缕，恍若一帘幽梦</u>。

"扇子！"

"不是树叶了？"

"为什么是扇子？"

…………

三个小伙伴叽叽喳喳地讨论着。

"这种折扇，又叫撒扇、聚头扇、旋风扇，是中国传统文化中不可缺少的怀袖雅物，用它布局，整个画面会更有中国韵味。"宋望舒说。

在这把扇子上，他画了雎鸠河畔的春天。小河像绿色的丝带在微蓝的天空下飘荡；河岸上盛开着大片大片的紫云英，一朵又一朵，如同朦胧的紫雾；金色的蒲公英夹杂其间，闪闪烁烁，让人恍若看到了落在紫雾中的小太阳；柳树已经吐绿，毛茸茸的小叶子像蝴蝶的翅膀……

"哇，好美呀！"木棉啧啧赞叹。

宋苇杭抢着说:"这和我们春天时看到的小河几乎一模一样!"

"真的吗?下一个春天我一定要回来看看我们的小河。"麦冬说。

紧挨着春天的是夏。睢鸠河的水明显上涨了,土黄色,波涛汹涌。鹅黄色的荇菜花仿佛坐在一艘巨大的船上,随风摇曳;千屈菜的紫色花朵清新脱俗,像一串串举在水面上的风铃;梭鱼草的花朵小小的,像浮在水面上的蓝色小星星。岸上,野草丰茂,柳树婀娜,几只白鹤蹁跹飞舞……

看到这个画面时,三个小伙伴不约而同地想起了采风那天的情形。

"这和我们那天看到的差不多,但又不完全一样。"麦冬说。

"没错,这幅画里还有我们没见过的植物,比如这个。"宋苇杭指着画里的荇菜。

木棉的眼睛笑得弯弯的:"是呀,还有河里的水,也变大啦!"

……

几天之后,秋慢慢呈现出来。

在宋望舒的印象里,秋天的睢鸠河是温柔恬静的,宛如一个从唐诗宋词中走来的女子。他把小河画成忧郁的浅蓝色，弯弯曲曲，让它所有的心事都流淌在九曲回肠之中；把岸边的芦花画成一场洁白的雪，"雪"落在河里，浅蓝里便开出素白的花；渡口上的柳树和白杨树光秃秃的，像一个个暮年的老头儿，孤独的鸟窝靠在它们瘦骨嶙峋的臂膀上，和它们做伴儿；天空燃烧着迷人的霞光，五彩缤纷，火焰一般；鸟儿向南方飞去……

画到冬天时，雪精灵在宋望舒笔下漫天飞舞，小河朦朦胧胧，河堤披上了银色的铠甲，岸边的树木穿上了洁白的盛装，河滩上一群戴着花帽子的小伢在镜子一样的河面上溜冰。

这真是一把神奇的扇子。它在文化长廊最大的墙壁上徐徐展开，展示出小河的一年四季。这四季里盛着阳光、雨露和清风，也盛着小河的过去和现在。

宋望舒还在画啊画，他得把这幅画卷的尾声处理好。几个少年静静地立在墙下，仰着脖子，睁大眼睛看着。

好一会儿后，麦冬打破了黄昏的寂静。他叹了一口气，小声嘀咕："唉，什么时候我也能画出这样的画呢？如果能画出来，他们就不会拦着我了。"

虽然声音很小，但细心的宋望舒还是听见了。他缓缓转身："当然能，你会画得比我更好。相信自己，相信一切都会变得更好!"

麦冬眼睛里发出灼灼的光:"那……我能……我也能在上面画几笔吗?"

宋望舒吃了一惊,但很快理解了。"当然。你可以试试——"宋望舒把笔递给男孩。

麦冬接过笔,刚要靠近墙壁,手却哆嗦起来。他太想画了,可是真正拿起笔时,却止不住地紧张,不知道在哪儿落笔。

宋望舒见状,笑眯眯地指着冬天的雎鸠河说:"这儿,你还可以添一个小人儿。"

"小人儿?"麦冬举棋不定。

宋望舒笑了:"对,这个小人儿就是你。你想象一下,你在这儿玩耍,一不小心摔了个屁股蹲儿。"

其他人听了,都哈哈大笑。这一笑,让麦冬越发紧张,手哆嗦得更厉害了。他窘得发慌,一个转身,当了逃兵。

"哈,真是个胆小鬼,一个小人儿有什么可怕的!"宋苇杭幸灾乐祸地笑着,然后大步走到墙壁前,抓起笔,想把那个小人儿画上去。可是,不知道为什么,正当笔尖要挨到墙壁时,她的心不由自主地缩紧,手抖得失去控制,羞得她满面通红,捂住了面颊。

最终,那个小人儿还是由宋望舒画了上去。为此,麦冬很是懊恼，宋苇杭时常翘着的"小尾巴"也耷拉下去了。

　　文化长廊里的所有壁画都如期完成，并且得到了村委会的认可。村主任从文化长廊这头走到那头，又从那头走到这头，一边看一边不住地称赞。这让宋望舒心田里蔓延出巨大的喜悦，几个小伙伴也欢呼雀跃。

二　七星生态园

腊月的一天,阳光在大地上挑花绣朵,空气干扑扑的。虽然节气已是小寒,可睢鸠河畔的村子里却没有一点冬的气息。宋望舒在村子里散步,不觉间又走到了文化长廊那儿。

此刻的文化长廊十分寂寥,大柳树成了静默的光杆司令,蝉早已不知所踪。除了几只麻雀飞进飞出,并在廊前的柳枝上驻足观望一会儿,很少有人进去。

宋望舒看着壁画,一幅一幅地看。他的心里夹杂着复杂的情绪,有欣喜,也有满足。看到最后,却生出遗憾,总觉得自己的画笔没有表达完整,好像还缺少点什么。缺少了什么呢?他绞尽脑汁地想,又想不出来。

回到家，宋望舒还在闷闷不乐。

"这些画都挺好的。只是，跟上次的太像了，这么多的画，我们只能从中看到村子的过去和现在，却看不到未来。"一个声音出现在耳畔。

宋望舒吃了一惊。扭头一看，是爸爸。爸爸是什么时候过来的？一直跟在他身后吗？他沉浸在情绪里，全然不知，但可以肯定的是，爸爸一定将所有的壁画都看了一遍。爸爸虽然多年没有拿过画笔，也从不对宋望舒的画指手画脚，但关键时刻总有自己的见解。

未来？

宋望舒的神经被弹拨了一下。他疑惑地问："什么未来？什么样的村子才是我们的未来？"

"这个，我也不能确定。不过，我觉得你可以多走走多看看，看多了，自然会知道。"爸爸好像故意给儿子留了一道思考题。

宋望舒百思不得其解，很是迷茫。

妈妈已经好些天没去村里的蔬菜合作社干活了——连续一个多月没下雨，地上裂出大大小小的口子。地里，好多菜都枯死了，运输蔬菜的货车越来越少，合作社快成空架子了。她总是念叨："虽然现在农具先进了不少，但农民始终摆脱不了看老天爷脸色吃饭的命运啊！"

爸爸却反驳道："也不一定。听说孙小华回乡了，这些年他在外面挣了大钱，学会了先进技术，加上国家的大力扶持，正在弄一个五百多亩的智能蔬菜基地。等弄好后，就可以坐在家里用手机种地，也不用看那老天爷的脸色呢。"

"孙小华？他不是你那从孙家港走出去的表弟吗？"妈妈问。

爸爸点点头。

"用手机种地？"宋苇杭也被吸引过来，"用手机怎么种地呀？"

"听他说，是安装了什么智能系统，把设备和手机联网了。比如天旱了，庄稼渴了，就可以用手机启动浇水程序；地里涝了，点一下排涝按钮，水就自动排出去了。还有施肥啊、杀虫啊什么的也不在话下，高级得很咧。"

"哇，真有这么厉害的设备？爸，您看见了？"宋苇杭听得两眼放光。以前她常常听老师说，农村终有一天要实现机械化种地，还以为爸爸的那几个"大力士"就叫机械化了呢，今天一听，才知道还有更先进的高科技。

"没什么好稀奇的，有些地方已经开始推广了。"宋望舒说。他从网上看到过相关新闻报道，为此，他还特意请教了自己就读于农业大学的高中同学。从同学那里，他了解到一些跟农业相关的知识。

妈妈的脸上开出一朵花:"啊,真的呀?太好了,那样我们农民才能真正过上好日子了。"不过只是一眨眼,"花朵"谢了,她的眼睛里又升起两朵愁云,"唉,这种设备肯定贵得很呢,一般的农民哪里买得起?即便买得起,也不一定会操作吧?我们这些人都落伍啦!"

"妈,现在国家正在扶持新农村建设中的样板工程。等到时机成熟,就会大力推广帮扶农民,农民不会,可以学呀!"宋望舒看着门口一望无际的田野,心驰神往。

爸爸的目光追随着儿子,落在焦渴的庄稼上。"其实,这不是最让人佩服的,最让人佩服的是孙叔叔的这个智慧农场采用的还是什么……什么循环,还有绿色什么的……"说到这儿,他的舌头变得僵硬了——那些专业名词对于他来说,实在是佶屈聱牙。

宋望舒咧嘴一笑:"是生态绿色循环发展系统吧?"

"对对对,就是这么个意思!"爸爸激动得眉飞色舞——他很高兴儿子能帮他填补表达上的空白,这说明儿子的书没有白念,懂的比他多了。

"对了,你还记得孙家港村那个乌七八糟、臭气熏天的烂港子吗?"

宋望舒点点头:"记得一点,我小时候经常去那附近抓泥鳅。"

"孙叔叔把那个烂港子整治好了,还种了花花草草,养了金鱼,喂了孔雀,还修了假山喷泉什么的。得空时去那儿瞧瞧,没准能找点画画的素材。"

"还有这么神的事儿,那我还真得去看看。"宋望舒的兴致被提了起来。他想,没准那儿就藏着村子的未来呢。

这天,宋望舒兴冲冲地骑上车,往孙家港方向骑去。没走多远,他就热得忍不住解开了外套的扣子。太反常了!老天这是怎么了?是在造反吗?为什么冬天不再像冬天?

前几天,他看到一个报道:全球气温变暖导致了冰川融化,不仅阿尔卑斯和珠穆朗玛的冰川出现了不同程度的融化,更加严重的是,北极冰川也大面积融化。相比1979年,北极海冰的面积融化了百分之四十,照此下去,北极冰层消失的日子恐怕会提前到来,而地球将面临一场史无前例的灾难。覆巢之下,安有完卵?我们每个人都将遭遇生存危机。

想到这里,宋望舒的心就好像被一块石头压住了,喘不过气来。

不过,这一切不快很快被一个崭新的画面驱散了。

当宋望舒到达目的地时,不由目瞪口呆。这哪里还是记忆中那个浑浊的港渠?渠里的水清亮亮的,如同一张透明的画纸，微蓝的天空和苍白的云朵正在上面作画。虽然已是隆冬时节，港渠边却盛开着红的、粉的、白的茶花，绚丽的影子给水里的画增添了明艳的色彩，也让宋望舒心里有了春日的缤纷。一群洁白的鹅在水边悠闲地散步，见着人，就嘎嘎地叫起来。水里还有美人蕉和荷花的身影，虽然已经枯萎，但可以想象在夏天时，港渠里姹紫嫣红的情景。港渠的另一边，是一条用青石铺就的小路，小路边的树枝上垂挂着写着唐诗宋词的小木牌，风一吹，哗哗的响声如一首首小令，动人心弦。宋望舒行走在其中，恍然有种穿越时空的感觉。

小路的另一边是一片池塘。这个在几年前还杂草丛生、垃圾成堆的池塘，竟有了江南水乡的韵味。池水干净而透明，亮晶晶一片，好似一块浅绿色的翡翠嵌在港渠的一侧。池塘边的芦苇还在，雪白的芦花在北风中摇曳，宛如身着白衣的女子，全然没有把周遭的寒冷放在眼里。池塘上还出人意料地建了一座弯弯的石拱桥和一个古色古香的长廊。池塘中央，还有一个小岛，岛上有一个环绕着古树的亭子。

要是我们村那条臭烘烘的人工河也能变成这样，该多好啊！看到这里，宋望舒心中生出无限的羡慕和向往。他跨过桥，登上亭子的最高处朝四面眺望。目之所及，皆是美好。东边是一条宽阔的马路，马路那边是一片广袤的麦田；西边是一个院落，隐约可见里面的奇石、翠竹、老树和古式建筑；南边是一条幽静的小路，周围松竹蓬勃，郁郁葱葱；北边是一片巨大的草坪，羊群好似撒落的白珍珠，帐篷就像盛开的白莲花……

宋望舒的脑子里冒出一个很孩童的问题："一个臭水港子和一个破池子竟然能变成这样，难道孙叔叔有魔法？"

他信步从亭子里走出来，顺着长廊往岸上的院落走去。院落是开放式的，顺着贴了大红对联的大门走进去，眼前出现了具有苏州园林风格的别致景观：假山依着碧绿的潭水，小桥接着红色的廊亭，太湖石装点着花园，诗词书画融入亭台楼榭，各种形状的门窗借来一框框景外之景……真是令人叹为观止。细看，潺潺的流水中，一群鱼儿在快乐嬉戏；长亭里摆着古朴的茶桌，茶桌上趴着一只慵懒的正在打盹的猫；白墙黛瓦的房子前，几只灰雀站在翘起的檐角上探头探脑……每一个细节都如此生动，每一处景观都让人感受到大自然与人工建筑融为一体，你中有我、我中有你的妙趣。

宋望舒痴痴看着，做梦一般。不对，应该是做梦也不会梦到这样的场景。孙叔叔为什么要花许多钱和心血建造一个这样的园子？

"你好！你是来这里参观游玩的吗？"迎面走来一个个

子不高、十分壮实的中年男人。他衣着朴实，黝黑的脸上挂着热忱的笑容。

"嗯……我只是从这里经过，顺便看看。"宋望舒有些尴尬，他怀疑刚才自己目瞪口呆的傻模样已被对方尽收眼底。

"不奇怪。其实，经常会有人来这里看看。"中年男人说着，指指廊亭中的木椅，"你可以先在这儿休息一下，再四处转转。"

此人说话的样子有点主人架势，宋望舒奇怪地问："您是？"

"孙小华。"中年男人简短地回答。

"孙叔叔？您就是孙叔叔？"宋望舒吃了一惊——他看着这个面相憨实的人，怎么也没法将他和脑海中的孙叔叔画上等号。孙叔叔应该是个衣着精致、满脸精明的商界大佬形象才对啊。事实上，这个表叔离开这里，在外闯荡多年，宋望舒从没见过。他对孙叔叔的印象全来自父亲的描述和自己的想象。

"对呀，你是？"

宋望舒想了想，把自己和爸爸的名字一股脑儿地报出来。

孙叔叔很快就对上了号。他惊喜地说道："你就是宋大哥的儿子？我听你爸说过，你喜欢画画？"

宋望舒点点头，把自己画壁画的事说了出来。

"很好很好，敢想敢做的年轻人最了不起！"孙叔叔耐心听完他的讲述，竖起一根大拇指，"这儿也许能帮你找到创作灵感。但要记住，一眼看到的只是表面，得深入其中，才能了解得更多。"

宋望舒点点头。

"画里只要有了魂，画什么都是好的。"他的语气充满真诚，"我的意思是——看你想表达什么，这个很重要。"

"我想让村里人对周围的环境好一点。乡村建设干得再好，人们的意识如果跟不上，一切都是白搭。"宋望舒直截了当地表达了自己的想法。

孙叔叔的眼睛光芒四射："那真是巧了，与我的意图不谋而合！"

于是，在这个暖洋洋的冬日午后，在一壶氤氲着热气的老茶面前，这个历经风浪、满怀赤子之心的中年男人和一个涉世不深、满脑子理想的年轻人开启了一场长谈。

宋望舒知道了孙叔叔的经历：大学毕业后到沿海城市闯荡，曾经为没法请好友吃一顿丰盛的饭菜而自责，也曾为买不起一套像样的西装而自卑。但不怕吃苦、头脑灵活的他经过一番努力，终于拥有了自己的产业。虽然功成名就,但孙家港村有他的爹娘和乡亲,他每年都会像思乡的倦鸟一样飞回故乡。港渠旁的小路是他回家的必经之地。不知从哪一年起,这里的水渐渐变黑,如同一渠臭烘烘的墨汁,大量垃圾也被堆放在此,鱼虾不知所踪。他每次看见,心里都会长出一根刺——村子前面是长江,后面是睢鸠河,港渠的污染不仅影响当地村民的生活,还会给长江沿岸的生态带来破坏,影响到许多人。他发誓有朝一日一定要改变它,让它恢复水绿岸青的模样。近几年,他进入了环保业,掌握了不少先进的环保技术,便带着这些技术和积累多年的资金回到家乡,开始治理港渠这颗千疮百孔的"毒瘤"。首先,他带领工人对沟渠进行了环保绞吸封闭式清淤,并截断污染源,重新构建清污分流体系。这种刮骨疗伤式的方法,很快就让港渠恢复了生命和活力。然后他一鼓作气,完成了与港渠相连的池塘的清淤和改造工程。接着是利用周边的陆地,建设了生态护坡、生态岛和生态浮床,这才从根本上巩固了这里的生态系统。这个过程并非一帆风顺,期间资金短缺,工程不得不一次次暂停,四处筹集资金;再就是港渠紧挨农田,池塘坐落于居民区,在清淤和建设期间对村民生活和生产都造成影响,他必须挨家挨户地给村民做工作;还有改造中不断遇到实际困难,改造方案必须一再修改,和设计师、工程师的碰撞摩擦也令他头疼……

"总之，费了好些周折，这个以'生态和环保'为主题的乡村公园终于顺利完成。"说到这里，他长舒一口气。

孙叔叔的故事令人震惊。宋望舒听后，既佩服又羞愧。孙叔叔是将生态保护、美化环境的想法实打实地付诸行动，而自己呢？自己的想法是多么幼稚，做的事情又是多么虚无缥缈啊，不知道究竟有没有起到一点作用。他低下头，第一次对自己产生了怀疑。

孙小华一眼便看出了这个年轻人的心思。他不动声色地往茶壶里续上刚烧开的水，轻轻地摇晃了几下，几分钟后又给宋望舒重新沏上一杯，说道："尝尝。"

等宋望舒品尝之后，他问："你觉得这老茶的味道比起刚才泡的第一壶，怎样？"

"更浓，更香，更温润了些。"宋望舒咂巴着嘴，脱口而出。

"这就对了。你瞧，最初的茶淡些，味也不足。到了后面，经过一些时间，经过一些温度，再经过一些煎熬和等待，它的味道自然就出来了。"孙叔叔云淡风轻地笑笑，抿了一口茶，似乎把生活的酸甜苦辣一起抿到了心底。

这是一番耐人寻味的话。宋望舒在心里细细品味，遽然明白了其中的含义——孙叔叔说的不仅仅是茶，还有世间的事。几乎所有的事都这样——从一个清清浅浅、紧紧包裹着的小芽开始，经过自身的努力、时空的洗礼和漫长的等待，才能像这老茶一样舒展，绽放自己特有的甘甜和芬芳。

"你的意思是，我的做法是有意义的，对吗？"宋望舒推了推鼻梁上的眼镜，满眼期待。

孙叔叔点点头："当然。这是一个非常好的开始，也是一件很有意义的事情！"

热乎乎的老茶和孙叔叔的话语一起滑入五脏六腑，宋望舒感觉到自己从里到外都冒着腾腾热气。

外面起风了。树枝折断的声音，尖锐地穿过红木柱子，穿过冬天的门楣，直直地飞来。打盹儿的猫眯缝着眼睛，软软地伸了一个懒腰，并没有被这声音吓跑。几只灰雀仍旧从容地站在廊檐上，凝视着里面的人。它们的存在，让大自然、人与动物之间奏出更为和谐的音符。

"这只是一期工程，还有二期、三期，采摘园、垂钓园、湿地共享和生态农场都会建起来。到时候，这里的环境就能真正改善，乡亲们的日子也能真正好起来。这是个漫长而艰辛的过程，我必须时常提醒自己，不能忘了初心……"孙叔叔望着窗外，目光落在田野尽头，更像是在对自己下保证。

"我爸说,你还打算建设五百亩智能蔬菜基地?"宋望舒想起爸爸那日说的话。

"没错。这个工程是生态农场的一个项目,全程采用智能管理模式和无公害种植。这个如果做成功了,我会向各地大力推广种植模式和方法,今后啊,人们吃上绿色蔬菜和水果就不再是梦想了。"说到这里,他的脸上呈现出少年才有的勃勃意气和憧憬,"要不要去我的智能玻璃温室大棚看看?"

"智能玻璃温室大棚,这么快就建好了?"宋望舒有些意外。

"这只是一个小小的样板工程,也就十来亩地吧。先试行,后面再带动村民,扩大面积。"

宋望舒兴致勃勃地跟着孙叔叔往庭院后面的小路走去。路上,他还看见许多景观。其中有一个音乐喷泉很有意思,孙叔叔打开手机,轻轻点了一个按钮,舒缓的轻音乐立刻响起,圆形的喷泉喷出一朵朵晶莹的水蘑菇。

"这个是就地取材,废物利用,把淘汰的沼气池给利用上了。"孙叔叔介绍。

宋望舒吃惊不小,眼镜差点掉落下来。"啊,这个也能用上?这也太神奇了!"

"哈哈哈……这就是我的改造理念,不破坏这里原有的地貌和构造，不浪费任何现有的资源，变废为宝。

"其实，这种理念无处不在，这路上铺的透水砖，路边的电线杆，墙壁上镶嵌的废旧老物啊什么的，都和这种理念脱不了干系。

"还有这房顶上，安装的是光伏发电板。那边停车场的草坪下隐藏着下沉式雨水收集模块，经过物理过滤后又可以用来进行日常清洗和园林灌溉……"孙叔叔说起这些，滔滔不绝，满面欢喜和憧憬，犹如春风停落在他脸上。

宋望舒边看边听，脑子里想着：我们村也有不少被淘汰和遗弃的老物，要是能这样改造和利用，将多么美妙啊！

到了智能玻璃温室大棚前，孙叔叔掏出手机，打开智能控制系统，点了点，玻璃棚里立刻蹿起一根十多米高的水柱，继而朝四周呈喷泉式喷洒，旋转，再喷洒。顷刻间，大棚里水雾弥漫，好像天降甘霖。

"除了浇水，这个智能控制系统还可以施肥，治虫。每个喷头的覆盖面积可以达到十亩以上，而且可以远程操作。"孙叔叔一边讲解，一边展示他的高科技。

宋望舒犹如刘姥姥进了大观园。虽然有些东西他并不懂，但听得津津有味。孙叔叔为他打开了一扇窗，让他看到了这个世界之外另一个广阔的世界。他忽然明白，这或许正是他画里缺少的东西：村子的未来！

不过，孙叔叔也有他的苦恼。据他讲，生态园附近的大部分农户都响应国家号召，对厕所进行了改造，房前屋后几乎看不到那些暴露在光天化日之下的粪池，但有一户人家却我行我素，倔强地保留着使用旱厕的习惯。而这个旱厕紧挨生态园，风一吹，大粪的味道就在园子里弥漫。如果你循着臭味往池塘旁的小路走，就会看到在一大片鸢尾花背后赫然立着一口粪缸，缸沿上搁着两块木板。这个不知道存在了几百年的"老古董"如今还赖在这里，真是大煞风景。可这个"老古董"的主人是个七十多岁的老人，顽固如石，不仅不肯接受国家的改造补贴，就连孙叔叔提出的免费给他改造卫生间的提议，也被他无情地拒绝了。理由很简单：在这样的旱厕上了快一辈子的厕所，都这把年纪了，让他使用城里人白白亮亮的卫生间，他不习惯。孙叔叔试图跟他讲环境卫生的重要，他转身就走，嘴里咕哝着："想改造我，等我过几年进了土，你再来改造吧。"

"真是一点余地也没有，比改造一个烂港子难多了，不过我不会放弃的。"孙叔叔说。

宋望舒想起了村里的养猪场。养猪的赵老三不算老，但思想已经腐朽了。他和这个老人一样，又倔又愚，根本不会意识到自己的自私会影响周围的人和环境。

临走时，孙叔叔握着宋望舒的手，说："这条路虽然不太好走，但路上并不孤单，有你，有我，还有很多为此默默努力的人。你以后会慢慢知道，许多东西都是浮云，只有良好的生态，才是永恒和未来，才能撑起人类的物质文明和精神文明。"

宋望舒用力地点头。虽然这些道理他早就明白，但从孙叔叔的嘴里说出来，他觉得更有分量，更能激发起他的雄心壮志。

宋望舒从挂着唐诗宋词木牌的小道走向宽阔的大马路。木牌在北风的劲吹下发出噗噗的碰撞声。这是他在这个冬天听到的最美妙的音乐。

孙叔叔的声音像一尾青鱼从水中游过来："心之所向，素履以往，生如逆旅，一苇以航。这里，有一面墙会留给你，希望你还能来啊……"

宋望舒转过身子，使劲儿挥手，然后大踏步地朝家的方向走去。

三　一幅钢笔画

当宋望舒和妹妹从文化长廊经过时，发现麦冬和木棉在这里。穿着黑色羽绒服的麦冬壁虎似的伏在一面墙壁下，一手按纸，一手握笔，正在临摹上面的画。木棉则在一旁津津有味地观摩。

看见他们，麦冬兴奋地说："我想用自己的方式画一画望舒哥哥画的画。"

"什么方式？让我瞧瞧！"宋望舒饶有兴致地凑过去。

麦冬的脸一下子涨得通红，用一只手飞快地捂住面前的纸："别啊，我还没画好呢。"

"有什么难为情的，不就是一幅画吗？"宋苇杭咯咯笑着，试图撬开他的手。

"看吧看吧，其实也没那么难看……"麦冬不再扭捏了，索性把整幅画展开，举到面前。

原来并不完全是临摹，里面还有很多他自己的创意。他只是借用了其中一部分素材，更多的画境来自睢鸠河边的采风素描。最令人惊叹的是，他的画上只有黑色的线条，是用钢笔完成的非常细致的工笔画。虽然没有一根彩色线条，却在清新素雅中带给人无限遐想。

"画得太好了，你的确有画画的天赋！"宋望舒的眼睛里满是惊喜，他没想到，这个半年前还吊儿郎当、令父母头疼的男孩会有这么惊人的表现。

"画还可以这么画？用钢笔？"宋苇杭惊讶地问。

"当然。用毛笔、排笔、铅笔、钢笔都可以画。只是画法画风不同而已。"麦冬脸上的绯红渐渐退去。

"你爸爸妈妈给你找了专业的老师？"宋望舒的眼睛仍落在他的画纸上。

麦冬点点头："嗯。你教我的嘛，要用实际行动说服他们。我做到了，所以……"

"这样最好不过了。能得到家长的支持，你离梦想就更近了一步。其实，我在学校也练过很长一段时间的钢笔画呢。"宋望舒说。

木棉一个人静静地盯着画，喃喃自语："也许我也能画出这样的画,如果有一天,我在书签上画上这样的画,就不仅仅是一枚书签了。"

一旁的宋苇杭听到了,灵机一动:"我们不仅可以画到书签上,还可以画到木碗啊、陶杯啊,或者其他什么东西上去。那样,这些东西就不是普通的东西,会成为艺术品。"与此同时,她脑子里还冒出一个不可思议的念头:在未来的某一天,可以和好朋友开一家手工坊,把村里的小河、田野等景物一样一样地画到物件上去,让更多的人看到他们的村庄。

"你的想法太棒了,咱俩一起努力!"木棉的声音破天荒地昂扬起来。

麦冬继续画他的钢笔画。

宋望舒把目光从画纸上收回来,在文化长廊里转来转去。他得看看,在哪儿填补他的遗憾比较合适。

可是,当他把长廊里所有的壁画看了一遍后,竟然找不到一个可以填补的空隙。

宋望舒皱着眉头,想了又想,忽然想起那日孙叔叔说的话:"这里会有一面墙留给你,希望你还能来啊……"

对呀,不一定非要在这里画,还可以去生态园画呀!当一条路不通的时候,我们不该在原地打转,而应绕过去,另辟蹊径。

"太好了,那个地方我去过,我还想去看看。如果能在那里看望舒哥哥画画,才叫过瘾呢!"麦冬听了宋望舒的想法,高兴得跳起来,不小心摔了个"狗啃泥"。

几个人都哈哈大笑。

之后,他们飞快地赶到了孙家港村。两个村子离得并不远,也就四五公里的路程。

到那儿后,园丁告诉他们,孙叔叔有事出门了。几个小伙伴兴致勃勃地看这看那,活像好奇的小鹿闯进新的丛林。

宋望舒没有忘记自己的使命。他一边陪着他们欣赏眼前的美景,一边寻找着可以画画的最佳位置。这里有个长廊,但长廊中雕龙刻凤,已足够华美,如果再画上画,便显得多余。他沿着长廊往前走,穿过一条幽静的碎石铺成的小路,前面出现了一个圆形的拱门,门上写着"东篱"二字,周围翠竹掩映,越发显得清幽。透过这扇门,可以看见一框有池塘、花草、亭台楼榭的美景。如果在这扇门上画画,会是什么景象?宋望舒迅速展开想象的翅膀,勾勒了一番。

不太好,在这儿画,不是锦上添花,而是雅上添俗!

宋望舒继续寻找。走走看看间,已将整个生态园转了个遍。就在他为找不到一面合适的墙壁而发愁时,门楼西侧一个弥漫着古典韵味的书房一下子吸引了他的目光——确切地说，是书房门口密密麻麻的画框。

这些画框看起来太规整、太端庄了！如果不把画禁锢在里面，而是让它们像鸟儿一样飞出来，飞到这面洁白的墙壁上，会不会好得多？

这个设想刚冒出来，他便加快脚步朝那儿走去。细看，画框里的画都以动植物为主角，且色彩斑斓，令人眼花缭乱。这样的画如果放在儿童乐园，可以增加几分明丽和活泼的氛围，可是放在一个相对幽静的书房外面，便显得喧闹、花哨了些。

如果……如果在这扇墙壁上画上色彩素雅的中国画会怎样？想到这里，他的眼前好像出现了一支狼毫，在冬日的暖阳下，在雪一样的白壁上，游蛇般舞动起来。清波荡漾，蘑菇喷泉，亭台楼榭，花鸟鱼虫，还有一片现代化的绿色田园……

宋望舒的目光抽离出来，像一个旁观者审视着构想中的画面——

好看是好看，但并不很特别。

如果改用钢笔画呢？宋望舒忽地想起刚刚看到的麦冬的钢笔画，不禁怦然心动。就是它了，它一定能呈现出不一样的气质！况且这面墙壁前有长廊，上有屋檐，一点也不用担心风吹雨淋，如果钢笔画在此安家，一定可以长长久久。

想到这里，宋望舒脑海中的画笔迅速切换成钢笔，一笔一画，凛凛然画起来……

"望舒，你觉得这面墙怎么样？"

就在宋望舒陶醉于自己的构想时，孙叔叔回来了，他响亮的说话声把宋望舒吓了一跳。

宋望舒推了推鼻梁上的眼镜，实话实说："如果把这些画框撤下来，再重新画些壁画，可能会更好。"

"哈哈哈……"孙叔叔大笑起来。

宋望舒被笑得莫名其妙。难道自己说错了吗？

"小伙子，你说到我心坎上去了。不瞒你说，我正有此意。"孙叔叔拍拍宋望舒的肩，眼睛里满是欣慰。

"真的呀？那真是好极了！"宋望舒松了一口气，"您说的给我留着的一面墙，就是它吗？"

孙叔叔点点头，问："你打算画些什么呢？"

于是，宋望舒神采飞扬地描述了一下想画的景物：这里的池塘、长廊、亭子、假山、喷泉、田园……总之，在生态园能看到的代表性景物，他统统都想画进去，因为他觉得这一切便是他要描绘的村庄未来。

孙叔叔却摇了摇头："你能看到的景物都是浮于表面

的，其实深刻的东西都是很难看到的。我倒是觉得，如果能画些曾经有而现在没有的东西，可能会更好。那是几代人共同的回忆，更重要的是它们也可能是这里的未来。如果生态得到恢复，说不定未来的某一天，它们会再次回归。比如克马子，你不知道，在二十多年前的夏天，这里可是克马子的天堂，每到天黑的时候，这里便叫声一片。躺在床上，听着它们的叫声，睡得会格外踏实。再比如水坦克，你可能从没有见过这种小家伙，它们在水面上跑得又快又稳，坦克似的。还有婆婆鱼……"

宋望舒恍然大悟。他猛地意识到自己的认知是多么狭隘。其实，从某种意义上说，过去、现在和未来有着千丝万缕的联系，它们看似分割，实为一体。而他要寻找的未来，也许正在遥远的记忆深处，在现实的一隅悄悄摆动着触角，只需要一个契机，它就能生出新的腿脚和翅膀。这意味着，以后的创作，他要努力冲破时间和空间的界限，让过去、现在和未来相互交融辉映。

小伙伴们更是听得入了迷。这些生物从孙叔叔的嘴巴里飞出来，飞进他们的耳膜，在他们眼前辟出大片神奇而辽阔的天地。

这和妈妈曾描述过的小河里的生灵太像了，宋望舒想。只是，有些生物他从未见过，没法在脑子里描摹出它们的形象。

"克马子、婆婆鱼、水坦克之类,我从没见过。您可以用笔描绘一下吗?"说着,宋望舒从包里摸出纸和笔。

孙叔叔笑起来:"哈哈哈,就我这画盲,怎么画得好呀?弄不好,会把一只水坦克画成一只天牯牛呢!"

"什么?天牯牛是什么?"几个人又被弄糊涂了。

"没见过吧?这小东西是一种长得有点像牛的、会飞的、有着一对鞭子似的长角的昆虫。"

"哇哦……"麦冬和宋苇杭同时夸张地叫了一声。

木棉和宋望舒没出声,但眼睛瞪得溜圆。虽然生活在农村,但这些东西,他们的确没见过。它们难道随着岁月的流逝消失了?

"没有原型,画出来的东西就没有魂。我上哪儿找它们呢?"宋望舒努力从"天牯牛"的幻影中挣脱出来。

"哈,这还不简单?上网检索它们的照片。"麦冬的小眼珠子骨碌碌转了转,一个金点子滚了出来。

"对呀,没错,瞧我这西瓜脑袋!"宋望舒恍然大悟,自我解嘲地拍拍自己的后脑勺。

"什么时候动工呢?"孙叔叔问。看样子,他非常期待看到这面墙壁的改变。

"明天,不对,也可能后天,或者大后天。这么好的墙壁，我可不能糟蹋了，我得好好准备准备。"

"行，我知道，你不会让我失望的！"孙叔叔目光灼灼地望着宋望舒，语气充满信任和期盼。

这沉甸甸的信任真让人受不了。宋望舒感觉手心发热，出汗了。

孙叔叔似乎意识到这点。他拍拍宋望舒的肩："没事，不要有压力，我明天就把墙上的画框卸下来，等你再来时，给你一面洁白光滑的墙壁。"

"嗯，好。"

说完，宋望舒告别这里的主人，往家的方向走。他得赶紧行动起来，尽快找到资料，尽快投入创作。一件笃定要做的事情，他可不想像老牛拉车似的慢慢拖着。

到了家，性急的宋苇杭迫不及待地打开电脑，想助哥哥一臂之力。麦冬和木棉也围过来，想探个究竟。宋望舒则埋头用手机搜索……

然而，令他们失望的是，找了又找，翻了又翻，也没找到他们想找的东西。

这是为什么呢？

几个人你望望我，我望望你，真有些怀疑孙叔叔说的那几种水生物是否真的在这个世界存在过。

这时，爸爸开着他的"大力士5号"回来了。"大力士5号"是一台专门用来采收莴苣和萝卜的机器,今天,他用半天时间就采收了一大块地。在这片因干旱而歉收的土地上,他们家的萝卜却长势良好,产量高,价格也不赖。为此,他的心情格外舒畅。

宋望舒看着爸爸,忽地想起他曾经也是个爱涂鸦的人。如果让他来画……没错,他就是在那些生灵的陪伴下长大的,他一定画得出来!只是,多年没有拿过画笔,他还会画吗?

宋望舒忐忑地跟爸爸提出了自己的请求。

没想到爸爸非常乐意。他高兴地搓着满是老茧的手,爽快地说:"让我试试,我倒想看看,这画笔还听不听我的话。"说着,他接过儿子递来的画笔和纸。

"先画水坦克吧。"爸爸一手握笔,一手按纸。

宋苇杭和伙伴们都好奇地围上来,伸长了脑袋,想看看一个长期和庄稼、机器打交道的人能画出什么样的画。

爸爸刚要动笔,忽然间又停住了。他看起来有点迟疑,让人怀疑他的画笔是不是生锈了。

然后他又低下头,似乎正小心地打开记忆的闸门,费劲儿地追逐一只在水面上奔跑的水坦克。

他的笔尖总算落在白纸上了。接下来,他的表现让所有人都大吃一惊——唰唰唰,唰唰唰,笔尖飞快地舞动,在大家还没有反应过来时，纸上竟变魔术般变出一片粼粼的水波，一只细长的昆虫正在水面上凌波微步。它有着丝状的触角、三角形的脑袋、三对纤细的腿。

"这就是水坦克？"宋望舒推推鼻梁上眼镜，想看得更细致些。

"嗯。"

"好像水黾啊。我在一张图片上见过水黾。"

"可不就是嘛，村里的人管它叫水坦克。"爸爸笑了，"动物和人一样，有大名，也有小名呢！"

"原来如此。"宋望舒有些窘，"难怪我都快把手机查烂了，也没把它给找出来。"不过，幸好没有找出来，不然就看不到爸爸亲手画的画了。他不记得上次爸爸画画是什么时候，好像还在他上小学那会儿吧。

爸爸还画了只克马子：尖脑袋；鼓眼睛；背有条纹；前腿短小，四个脚趾，没有蹼；后腿长而粗壮，有五个脚趾，上面连着蹼。

"这不是青蛙吗？"大家都大吃一惊。

爸爸点点头："对，青蛙就是我们这里的克马子啊，没转过弯来吧？"

一时间，几个人都笑了。

之后，爸爸画了条婆婆鱼——一种个子小巧、形状奇特的鱼。这种鱼呈卵形，身侧布满蓝黑色横带，还有着叉子似的鱼尾，看起来十分有趣。

宋望舒根据爸爸画的样子，在网上搜了下，发现婆婆鱼类似于中国斗鱼，以前农村的池塘、稻田、沟渠里到处都是它们的身影，人们根本不将它们放在眼里。如果抓了它们，也只是用来喂鸡鸭。可现在，它们几乎灭绝，成为十分珍贵的物种。

爸爸手中的画笔越来越灵巧，笔下的线条也越来越丝滑。不一会儿，那些住在他记忆深处的精灵们都排着队跑到他面前的白纸上。

宋望舒大开眼界，他完全没想到爸爸还能顺着记忆之藤找回这些珍贵的物种。听到孩子们的惊呼声，爸爸却说："没画好，生疏啦，生疏啦！"他谦卑的语调中掺着几分自豪。

宋望舒拿着爸爸的画，如获至宝，一边细细地欣赏，一边用手机拍照，再通过照片在网络里搜索、比对。很快，他对这些生物的习性和形象有了更多了解，借助外在形象和内在特征，他开始大胆地想象它们的动作、形态和神韵。

几分钟后，他转身走进自己的房间，找出一张幅面很大的纸，铺在桌案上，然后拿起钢笔开始画起来……

宋苇杭和两个伙伴屏住呼吸，目不转睛地盯着那支钢笔。

钢笔一丝不苟地滑动着，每一笔都小心翼翼而又从容淡定。半天过去了，这幅自然生态画才展现出一角，虽然没有斑斓的色彩，但异常干净素雅，给人一种耳目一新的感觉。

麦冬说："我一直觉得自己的钢笔画不错，可是看到望舒哥哥的画，才发现自己被甩了十万八千里……"这是他的真心话。

宋望舒的嘴角弯起一个小小的弧度，故意调侃："真的吗？那麦冬同学可要奋起直追了！"

麦冬哭丧着脸："可是我追的时候，你也在往前跑嘛，我得追到猴年马月呢！"

宋望舒一本正经地说："男子汉可不能轻易泄气。实话告诉你吧，我原本没想到用钢笔画表达我的想法，是你的钢笔画给了我信心和灵感呢！"

麦冬听了，"啊"地叫了一声："那我也算功臣喽？"

"当然当然，这是肯定的。"

宋苇杭怦然心动，悄悄问木棉："你想学钢笔画吗？"

木棉点点头。

宋苇杭嘟囔着："我也想，可惜我没有遗传到爸爸的艺术细胞……"不过她立马打消了这个想法，"天才出于勤奋，我就不信努力地学还学不会！"

"我们一起好好学。"木棉说。她渐渐发现，要把书签做到极致，也得学点画画的本事才行。

几天后，宋望舒带着完成的初稿，和小伙伴们一起再次来到七星生态园。孙叔叔没有食言，果然已经把一面墙壁整理出来了。

宋望舒把画稿给孙叔叔过目，孙叔叔看后非常满意。他一连声地说："是我想要的效果，素雅、干净、不落俗套。"

受到鼓舞的宋望舒越发信心十足。他拿出钢笔刚要画，忽地僵住了——钢笔不同于毛笔和画笔，是不能直接画在墙壁上的呀，这是基本常识，自己竟然忽略了！

宋望舒缩回手，懊恼地说道："哎呀，我差点忘了，墙壁上得贴上素色的墙纸或墙布才行。不然，钢笔笔尖会被壁上的粉末堵塞。"

孙叔叔说："没事，别急，我马上办！"

一个电话之后，工人抱着一沓墙纸过来了。孙叔叔一边指挥工人贴纸，一边解释："前段时间装修房间时有多余的墙纸，这下刚好派上用场。"

不多久，墙壁穿上了新衣裳，哑光的材质和茉莉白的色调使它看上去更有艺术质感和古典韵味，宋望舒非常满意。他握稳钢笔,全神贯注地画起来。他的笔尖果断、刚劲,绝不拖泥带水,每一笔、每一画都细致入微。黑与白在穿插和碰撞中,形成妙趣横生的画面:

清凌凌的水波在笔尖下无声地荡漾。水蜡烛举着圆柱形的果实,水竹芋傲然挺立在水面,蓝鸟花开着清新秀气的花……接着,水坦克缓缓现身,在水面上奔跑。一只又一只婆婆鱼在水里轻盈地游动。克马子姿态各异,有的纵身跃入水中,溅起一朵漂亮的水花,有的趴在池塘边的石头上,似乎在聆听周围的声音……

这就是港渠和池塘过去的样子吗?宋苇杭和伙伴们痴痴地看着,谁也不敢说话,生怕惊扰了画画的人。

才画了四分之一,孙叔叔便忍不住啧啧赞叹:"不错不错,这墙上的画比稿纸上的更鲜活!瞧瞧这花、这草、这克马子……和我小时候见到的一样啊!"

麦冬的心里好像有一只毛毛虫在爬啊爬,他真想也上去画一画,可心里有个声音在喊:"就凭你这点三脚猫的功夫,怕是会把墙画得一团糟吧!"麦冬心里还有另一个不服气的声音:哼,总有一天,我也能在墙上画一幅像样的画……在他看来,能把画画到墙上去,是一件很神气的事。

不觉间到了中午,村子里炊烟袅袅。宋望舒打算和小伙伴们暂时离开,吃了饭再来。这时,孙叔叔来了。他的手里端着一个大托盘,上面摆着丰盛的饭菜。他弯身把饭菜放到廊亭里的茶桌上,热情地招呼:"画画的和看画的都辛苦啦,快过来,先填填肚子,可别饿坏啰!"

什么?还有午餐?几个小伙伴雀跃着"哇哦"了一声,欢天喜地地冲过去,秋风扫落叶般吃起来。

为了节省时间,宋望舒也不客套了。他边吃边看画稿,在心里琢磨着其中的不足之处。一顿饭,吃得潦潦草草。

吃饱后,他又开始画。孙叔叔煮了热腾腾的茶端过来,他也顾不上喝。他心里只有一个目标:"尽量画好,尽快画完。"

两个女孩看到旁边的草地上走来两只羊。这两只羊中,一只脑袋上长着小小的犄角,一只脑袋光溜溜的,但都是褐色的脸、白色的身子,样子十分可爱。女孩们便忍不住去和羊玩了。

麦冬没有注意到羊的到来。他的目光被宋望舒笔下的画紧紧牵引着。看着看着,他从兜里摸出纸和笔,也模仿着画起来。

宋望舒画完一只季花鱼,刚要喘口气,便看到了正在纸上画画的麦冬。他画得有模有样,有几处甚至可以用"精彩绝伦"形容。

"要不要试试?"宋望舒问。

麦冬的小眼睛瞪大了:"你是说我吗?"

"还能有谁?"

"你相信我可以?"麦冬不敢相信。

"废话,过来!"宋望舒说着,指指面前的一小块空白,"这里需要两块石头,你来添上吧。"

石头?这个倒是简单。麦冬心想,可不能再出洋相了!

"别急,就把这墙想象成一张纸。你在纸上,不是画得挺好的吗?"宋望舒提醒。

麦冬握着笔慢慢地画起来。

宋望舒凑过来看,说道:"用笔要稳,画得再结实一点,否则石头就浮起来了。但也不要太老实,不然会呆头呆脑。注意它的阴面和阳面,想象一下太阳的光线从哪个方向射过来……"

宋望舒的指导让麦冬渐渐有了底气,不一会儿,一块活灵活现的石头出现在纸上。

"对,就这样画,非常好。在石头上再画几棵草,这样石头就有了生命……"宋望舒边看边说。

长着小草的石头生动地呈现在白纸上。宋望舒满意地说:"非常好,就这样画。别紧张,钢笔画在墙上跟在纸上是一样的,只是尺寸大一些而已。"

三　一幅钢笔画

宋望舒的鼓励，加上刚才的练习，让麦冬越发自信。他手中的笔不再惊慌失措……

这时候，宋苇杭和木棉过来了。看到画画的麦冬，不禁大吃一惊。呀，他也能画壁画啦？什么时候学会的？她俩你看看我，我看看你，都后悔去看羊，错过了精彩时刻。

宋望舒没有留意到两个女孩的表情，再次投入到画中。刚才，他只是在这幅画的局部给麦冬让出了一个小小的空间。他知道，这个空间对于一个执着于画画的少年来说是多么重要。

宋苇杭看着麦冬画的石头，心里忽地蹿出一股莫名的冲动：他能行，我也能行！

她把想试试的想法说给哥哥。宋望舒听后，先是一惊，但很快便笑呵呵地点点头："行，你就紧挨着这块石头，再画一块石头吧。"在他看来，妹妹还是很有画画天赋的，只是缺乏挑战的勇气和自信。

这次，宋苇杭拿起笔，手不再颤抖。她全神贯注，一笔一画地画着。不一会儿，在她的笔尖下，一块椭圆形的披着阳光的小石头亮闪闪地出现了。这让她有点不敢相信自己的眼睛。宋望舒和几个小伙伴见了，也赞不绝口。宋苇杭不再怀疑自己天赋不够了。她想，用不了太久，我一定也能和哥哥一样独立完成整幅壁画！

木棉也想试试，但想到自己一贫如洗的画功，还是悄悄退到了后面。

钢笔画力求准确、精细，就像绣花一样，得一针一线地绣上去。这幅壁画虽幅面不大，但比丙烯画费心劳神，也更耗时，宋望舒用了整整四天才画完。

画完的那一天，阴沉了多日的天空忽然间露出笑脸，一只喜鹊站在廊亭的翘角上喳喳叫。它们似乎都在为这幅特别的壁画的完成而庆祝。

孙叔叔抚摸着这幅画，眼睛湿润了。他喃喃地说："这就是我童年时的样子，这里的大人都会从画里找到自己的童年，小孩子也会从这里看到他们的明天……"

宋望舒笑了。这是他希望看到的，但他甩了一下刘海儿，故意装作无所谓的样子。

随后，他迎着冬天的阳光和风，朝家的方向走去。身后，一个男孩和两个女孩踩着他的影子，昂首阔步地走。寂寥的马路上，传来一串啪嗒啪嗒的脚步声。

四　新的问题

一天，宋望舒和几个小伙伴在村子里转悠。转着转着，又习惯性地走到了文化长廊门口。

宋望舒边往里走边琢磨着，要不要把某些墙画进行一些局部修改，让过去、现在和未来更好地糅合。

他们刚走进去，便遇到了一个人。

"爸爸，你怎么来了？"宋苇杭说。

"我到村委会办事，顺道过来看看。"爸爸凝视着墙上的画，脸上堆积着复杂的表情。

看到这种表情，宋望舒心里"咯噔"一下。莫非又有什么不对劲儿？他连忙解释："你之前说的缺憾，其实也算不上缺憾，比如那侏红小蜻，既代表着过去，又象征着未来。另外,我在孙叔叔那儿……"

"我去那儿看过,画得的确不赖。但是……"爸爸停顿了一下,似乎是在寻找合适的措辞。

"我知道,在那儿画一幅并不够,那毕竟不是我们的村子。接下来,我可能会在这儿做些调整——"

"不,不用调整。我现在想的是另外一个问题。"爸爸打断了他。

"什么问题?"宋望舒的心里再次"咯噔"一下。

"我之前忽略了,没有想到这一点——你的初衷是好的,但如果没人来这里看,它们的存在便失去了价值和意义。"爸爸的眼睛扫视了一下墙壁。

宋望舒就像被人当头敲了一棍子。这真的是一个问题。

爸爸耐心地说道:"你瞧,这些画儿待在墙上,多么冷清啊!平时,谁会走进院子里正儿八经地来看它们?除了我们这些自己人和村里的领导,谁会七弯八拐地特意跑到这院子里来看嘛。"

宋望舒心有不甘,可静下来环视四周,发现一切正如父亲所言——这里除了这些色彩斑斓的墙,就只有那棵光秃秃的柳树在风里摇曳。美人蕉枯萎了,蝉和鸟雀儿们不知去向。看不到一个村民,也看不到他们来过的足迹。

爸爸说得没错,这些画的确没人来看。没人来看,还谈什么价值和意义？

事实总是令人沮丧。宋望舒像斗败的公鸡，耷拉着脑袋僵在原地。

"画出来就是胜利呀！总不能把它们到处搬着给大家看吧？"麦冬看不下去了，语气里生出麦芒。

"确实。"宋苇杭也加入抗议的队伍，"爸爸，您尽给我们泼凉水。不泼不行吗？"

木棉不吱声。过了好一会儿才憋出一句："我觉得……你爸说得好像也对。"

宋苇杭没法反驳。

"别急，总会有意义的。"爸爸说着，轻轻拍拍宋望舒的肩，"可能是爸爸说得太绝对了，其实任何事物都有它存在的价值。这些画至少可以装点文化长廊。再想想，我们再想想啊，一定还有其他途径。"

爸爸的话让宋望舒心里重新燃起希望的火花。是的，不能就这么败下阵来，得找到一个更好的途径！他努力冷静下来，努力思考。

冬天的傍晚，气温随着迅疾的落日陡然下降，风也凛冽了些，驱赶着最后的霞光，让它们从一幅幅壁画上滑落下来，像凋零的花朵，倏然间破碎。院墙外，隐隐散落着一小簇微红的光。

这时候，手机忽然急促地响起来。宋望舒从兜里掏出来一看，是孙叔叔打来的。

宋望舒按下接听键，孙叔叔的声音充满喜悦。他告诉宋望舒，那个令他头疼的问题解决了。

什么头疼的问题？宋望舒一时没反应过来。

"就是那个旱厕的问题啊。"紧接着，孙叔叔把这件事细讲了一遍。

原来，住在生态园旁的那个倔老头儿同意改造厕所了。孙叔叔把他请到院子里喝茶，他无意中看到了宋望舒画在墙上的钢笔画。他虽然古板，但眼睛尖得很，居然看出了画里的深意。他激动得双手发颤，说那些画让他看到了三十多年前的光景。孙叔叔借机跟他科普了一下环境卫生的重要性和这里的未来前景。他听完后，明白自己的行为给村里拖了后腿，所以嘴巴有了松动。孙叔叔趁热打铁，又一次次上门跟他沟通，老头儿总算答应了。

听完孙叔叔的讲述，宋望舒心间一亮——也就是说，只要人们能近距离地看到画，僵死的思想是有可能改变的。可怎么让村里的人看到自己的画呢？总不能也摆上茶桌，请他们来文化长廊喝茶吧？

宋望舒的目光追随着那红光，飞向墙外。那儿有一片小小的树林。冬天的风霜击落了树上的残叶，并将树干染成了深深的黛色。一座盖着红瓦的房子从黛色中游离出来，俏尖地撞进了宋望舒的视野。

宋望舒的神经为之一振，好像被什么东西给击中了，继而兴奋地叫道："我知道该怎么做了！"

"怎么做呀？"三个小伙伴几乎同时问道。

"暂时保密！"宋望舒的眼睛在近视镜片后眨巴着，脸上的颓然之色已荡然无存，"不过——明天你们就知道了。"

爸爸没有追问儿子。他再次拍了拍儿子的肩膀，笑容在他的脸上漾起。

"真没劲，这个也要吊胃口呀！"宋苇杭无奈地瞪了哥哥一眼。

木棉安慰她："别急，就一个梦的工夫，谜底就揭开啦！"

麦冬不说话，悄悄对宋望舒竖起两个大拇指。在他眼里，望舒哥哥就没有克服不了的困难，堪称偶像。

临分别时，宋望舒对麦冬和木棉说："如果有兴趣，明天早上七点到我家门口，不见不散。"说着，他转向妹妹，"还有你，明天可不能睡懒觉哦。"

三个小伙伴狠狠地点头，小鸡啄米似的。

五　群鸟飞上墙

一夜之间，气温下滑到了零度，门口的田野铺上一层洁白的霜花，这让村子终于有了冬天的模样。宋望舒起得很早。宋苇杭不敢怠慢，一听到哥哥在卫生间洗漱的声音，也急急地起床。

宋望舒和妹妹收拾停当，正要出门，便见麦冬骑着自行车赶来了。木棉坐在他身后的坐垫上，头发上沾着霜花，鼻子冻成了胡萝卜。

"哥，你打算怎么办？现在总该说了吧！"宋苇杭看着哥哥背着的硕大的工具包，已猜出几分，但不敢确定。

"闲话少说。走走走，往村子北边走，走到尽头。"宋望舒豪迈地一挥手，跨上了自行车。

"村子北边？尽头？"宋苇杭满腹狐疑。

"是啊，去那儿干吗？不会是去那里画画吧？"麦冬附和。

"走啦走啦，再不走，我要开'飞机'啰！"宋望舒有点不耐烦了。"飞机"是小时候他和妹妹之间的暗语，意思是把自行车骑得像飞机一样快。

宋苇杭一听，飞快地冲向哥哥的自行车，纵身一跃，坐到后座上。其他人也赶紧出发。

两辆车、四个人，风驰电掣一般朝目的地骑去。身后，传来妈妈的叮嘱声："路上小心点……"

宋望舒扭过头，看见爸爸开着"大力士5号"往萝卜地驶去，妈妈骑着电动车往农业合作社的方向飞奔。真是一个忙碌的早晨啊，每个人都在自己的路上争分夺秒。

村子北边耸立着一栋醒目的小楼。小楼正好对着村里最大的一块田野，大多数农人去地里干活，都得从这儿经过。

"好了，到了。"走到房子附近时，宋望舒从车子上跳下来。

"到了？莫非你要在这里画画？"麦冬盯着宋望舒的工具包，小眼珠子骨碌碌地转。

"聪明！"宋望舒点点头。

宋苇杭环顾四周，发现房子的墙角处居然躺着一架长腿梯子。

原来，爸爸听到宋望舒的计划后，大清早就帮他把梯子搬来了。

宋苇杭撇撇嘴："我真是服了你了！哥，你真打算在这座房子的墙上画画啊？"

宋望舒把车子停在房子一侧，扭头一笑："让你猜对了，我就是打算从这座房子的墙开始画。"

"为什么？"

"我想让村里人一出门就能看到画。"

其实，这只是宋望舒的一个小尝试。他心里还酝酿着一个更大的计划。如果这个计划能顺利实施，他就得在整个村子里来来回回跑好多趟。而这个村子极有可能因为他的努力变得跟以前不一样。

然而，令他们没想到的是，宋望舒搭好梯子，刚要拿起工具处理墙面时，一个头戴小毡帽、身穿深蓝色大棉袄的大叔气呼呼地冲了过来。

他瞪着眼珠，冲宋望舒喊："喂喂喂，你想干吗啊？"

大家扭头，原来是富贵大叔。

"大叔，我想在您这墙上画些鸟……"

富贵大叔翻了个白眼："鸟？瞎扯，我这白净净的墙壁哪能胡乱涂抹？给我弄脏了可是要赔的！"

"不会的，你放心，我只会把你的墙画得更美。你瞧，我已经准备了草图……"宋望舒说着，连忙去随身包里掏画稿。

谁知，对方连连摆手："别费劲儿了，走吧走吧，我对这个没兴趣。我只喜欢白白净净的墙！"

宋望舒急出一身汗，完全没想到富贵大叔会如此抗拒。

"你就不想尝试把白墙变成艺术品？而且这艺术品还能……"

宋望舒还没说完，富贵大叔就无情地打断了他："是不是又要跟我扯什么环境问题？可别跟我讲这些大道理，在嘎嘎桥和睢鸠河那儿还没讲够吗？我忙着呢，我再警告你一次啊，不许在我的墙上乱画，否则……"说着，他横眉竖眼地挥舞了一下拳头，转身往屋里走去。

"哼，真是个老艺盲、老顽固！"宋苇杭看不下去了，咕噜了一句。

富贵大叔停下脚步，扭过头，狠狠剜了他们一眼，浑浊的眼睛里装满愤怒。

空气骤然结冰。

该怎么办呢？宋望舒犯难了。可是按照他的个性，又不能就此投降。僵持中，一股热血直冲他的脑门。宋望舒心一横,噔噔噔爬上梯子,准备来个"骑虎不下"。他单纯地认为,只要富贵大叔看到了他的画,所有的矛盾都会化解。

富贵大叔一见,顺手操起墙角的扫帚,挥舞着叫道:"蹬鼻子上脸了?别以为你上了几天大学就不得了了!"

宋望舒气得直瞪眼,可就是不下梯子。眼看着一场战争就要打响。

宋苄杭又急又怕,心怦怦乱跳。如果是以前,她肯定会慌得脑子空白,但此刻,她努力镇静下来,想着对策。忽然,她想到了一个人,于是赶紧跨上自行车,往田野中的小路骑去。

麦冬和木棉在她身后喊:"去哪里?"

"别管我!"宋苄杭头也不回地说,"你们看好他,别让他打我哥!"

不一会儿,宋苄杭呼哧呼哧地骑回来了,身后跟着一个脸膛红红的中年人。原来,见势不妙的宋苄杭火速把村主任请来了。

当村主任得知事情的来龙去脉后,先是把宋望舒狠狠批评了一顿。他告诉宋望舒,哪怕是好心,也要对方接受才行,年轻人不要太冲动,不然就会好心办坏事。然后又耐心地跟富贵大叔交流。在他晓之以理、动之以情的劝说下,富贵大叔总算同意在他家的墙上画画了。可是他有个条件，那就是不能拿他的墙打头阵。他的墙可不是用来做实验的小白鼠，要是画毁了，怎么办？他不能被村里人耻笑。看样子，他从没去文化长廊看过那些画。

可是，如果不在他家墙上画第一幅，该去哪里画第一幅？谁愿意让宋望舒画第一幅？宋望舒感觉这些人好难缠。他板着脸，仍旧骑坐在高高的长腿梯上，不肯下来。

"要不，从我家开始吧。我支持你的决定，百分百相信你！"村主任说。

就这样，宋望舒不得不将自己的计划临时做了调整。他下了梯子，收拾好画具，和小伙伴们一起往村主任家走去。而村主任则将梯子绑在他的自行车上，冲在最前面。

冷风吹来，拨动着宋望舒的心弦。他发热的头脑慢慢冷却，意识到刚才自己的确太莽撞了。幸好妹妹想到了村主任，幸好村主任及时赶来平息了事端，不然此刻的自己一定难以收场。

村主任家离这儿不远，几分钟后，他们就到了。宋望舒迅速收拾好心情，准备开工。村主任在帮他搭好梯子后，去村委会工作了，临走时，拍拍他的肩，说："好好画，村民们会慢慢接受并支持你的。他们只是一时间转不过弯来。遇到任何问题，都可以给我打电话。"

宋望舒感激地点点头。

不久,芦苇坡里的鸟儿一只一只地"飞"到了村主任家的墙上——那些仍守着故土的鸟儿和已经远去的鸟儿在这儿重逢了。它们中有雏鸟,也有鸟妈妈,有的姿态婀娜地立在芦苇梢上凝望天空,有的温柔地俯视着脚下的土地,有的静静地看着不远处的睢鸠河,像在想心事……

这幅画刚刚画完,富贵大叔就过来了。他慢吞吞地走来,想看看这个伢子到底能画出什么样的画来。之前和宋望舒斗了会儿嘴皮子,还觉得不解气。可伢们走了,周围安静下来,他反而不自在了。他无儿无女,和妻子住在空荡荡的房子里,心里也时常空荡荡的。虽然不懂画画的乐趣,也不关心什么生态环境,可是他喜欢热闹。

富贵大叔抬头看墙,便看到了成群的鸟儿。鸟儿们活脱脱的,仿佛要从画里飞出来。富贵大叔望着它们的时候,它们也歪着脑袋望着富贵大叔。望着望着,富贵大叔似乎看到了自己小时候。他忽然想起自己小时候也是喜欢鸟儿的——八岁时曾把两只受伤的鸟儿捧回家,给它们涂碘伏、喂米粒,还特意在门口的大树上为它们做了一个窝。后来,这里的鸟便多了起来。再后来,鸟儿们莫名其妙地离开了……想到这些,他硬邦邦的脸变得柔和了,眼睛也蒙上了湿漉漉的薄雾。

"叔,您那墙……还画吗?"宋望舒小心翼翼地问。

"画，当然得画。"富贵大叔抹了抹眼睛，又难为情地摸摸后脑勺，"我又不是不让你们画，只是不能在我那儿打第一枪嘛。"

这时候，几个村里人从这里经过，都忍不住抬头看墙上的画，看着看着，便杵着锄头站在那儿，把地里的活儿都忘了。

时光一寸寸擦身而过，没有一点声音。好一会儿后，他们才如梦初醒般扛起锄头往前走，可走几步，又回头看看，再走几步，再回头，好像那堵墙上涂着胶水，黏住了他们的眼睛似的。墙上的"鸟儿"受了这目光的青睐，仿佛活了般跳跃着，飞舞着，欢叫着，生机盎然。

其实，这只是一个开端。宋望舒一直酝酿的大工程，是要把村里每家每户的墙壁上都画上画。没错，是全村，一户不落！

之后的日子还算顺利，宋望舒一口气画了十几户人家的墙壁。抗拒的人越来越少，大多数村民在看了别人家的壁画后都充满期待。特别是凤英婶婶，当看到邻居家的墙壁焕然一新，心里就痒痒的，个性要强的她生怕漏掉了这不用花一分钱就可以得到的好处。她急切地对宋望舒说："伢子，只要你想画，可以把我的房子里里外外全画上。"说这话时，她已经将之前的那点"小摩擦"一笔勾销，灿烂的笑容也回到脸上。

宋望舒问她想画点什么。她说："画画这事，我也不懂，你觉得什么好看，就画什么呗。"宋望舒想了想，就在她家的东墙上画了一树又一树的仙樱花。花朵硕大，粉里透着红，密密匝匝地开着，像云霞落满墙壁。宋苇杭告诉她这是仙樱花，就是她之前挖的花树开的花。凤英婶婶听了，先是一惊，继而红了脸。她不好意思地说："哦，我只看见过它的苗，没想到开的花竟然这么好看。你们放心，我以后不会再干那缺德事了。"

当一面又一面墙壁被睢鸠河畔的美景占据，村里便多了一幅幅亮丽的风景。人们见了面，面容里多了喜气，嘴里也多了话语。

张家婆婆问李家姨姨："你家墙上画的什么啊？"

李家姨姨答："莲花呀，我的名字叫红莲，宋家伢子就给我画了一墙的莲花哦。"言语里尽是自豪。

李家姨姨问张家婆婆："你们家墙上有什么呀？"

张家婆婆答："白棉花。我们家以前不是种棉花吗？种了一辈子棉花，可后来孩子们非要改种玉米和蔬菜，我还真舍不得。现在好了，那个会画画的伢子给我们画回来了。"眉眼里尽是满足。

…………

宋望舒的妈妈听到人们的谈论，脸上多了光彩。曾经因宋望舒学画被村里人冷嘲热讽在她心上留下的伤痕，也在顷刻间愈合了。

宋苇杭和她的两个小伙伴总是风雨不误地跟随着哥哥，继续当他的保镖或助手。不知不觉中，他们的绘画基本功也好了许多。宋望舒忙不过来的时候，也会派给他们一些简单的活儿，比如一朵小花、一棵小树，他们总能非常出色地完成。

六　坠落

　　一个北风凛冽的日子，谁也没想到，一件可怕的事情发生了。

　　风打着呼哨，从河畔的旷野里狂奔过来，掀得柴垛摇摇晃晃，枯叶荒草也飞上了天。看这架势，好像要下雪了。爸爸妈妈极力劝儿子歇工一天，可宋望舒的身体里好像住进了一头犟牛犊子，就是不答应。在他看来，今天要画的这堵墙非比寻常，一秒钟都不能耽误。

　　宋苇杭也想去，但又怕妈妈阻止。她趁妈妈不注意，泥鳅似的从妈妈身后绕到前面跑了。妈妈见了，骂道："你这鬼丫头，这么冷的天，去凑什么热闹嘛！"

　　兄妹俩到达目的地——赵老三的养猪场。不一会儿，

六 坠落

木棉和麦冬也气喘吁吁地赶来了。他俩包裹得严严实实，活像两个大粽子。

大冬天的，墙壁上竟然还趴着一只只黑乎乎的苍蝇。它们好像睡着了，又像是冻僵了，趴在那儿一动不动。麦冬伸手往墙上一扇，它们就懒洋洋地飞起来，然后又无精打采地落下去。这么多苍蝇密密麻麻地趴在墙上，真让人头皮发紧。麦冬的眉头拧成黑麻花，问："望舒哥哥，你确定我们要在这里画画吗？不画不行吗？"

宋望舒摇摇头："你忘了我们的计划啦？一户也不能少，更何况这里可是污染重地。"

宋苇杭比第一次来这里时表现得镇定得多，没再捂着鼻子逃跑。木棉也一点不娇气，不说什么，准备听从宋望舒的命令。

宋望舒先是整理工具和材料，接着摆梯子，处理墙面，勾线，调色……一切顺顺当当，除了一双手哪怕戴着厚手套都冻成了冰棍。

天出奇地冷，空气中夹杂着冰碴子，似乎要把太阳倾泻的暖热彻底吞噬。养猪的赵老三正在猪场旁的小屋里烤火，门缝里、瓦片上氤氲着青色的烟雾，木柴燃烧的声音噼啪作响。其实，对于墙上要不要画画，这个养猪人并不在意。当初宋望舒找到他，说要给他的猪场外墙美化一下,他无所谓地说:"只要不花钱,你们爱怎么折腾就怎么折腾。"

听到外面的动静,赵老三走了出来。他拢了拢身上的袄子,筒着手站在门旁看了一会儿。看到这个小伙子和几个小伢在大风里忙得不可开交,他心里一颤,忽然想起了在外地打工的儿子——儿子和宋望舒差不多年纪,小时候也特别喜欢画画,现在跟着老乡在外地的一个广告公司讨生活。这么冷的天,他会不会也在外面干活,被大风吹得稀里哗啦的?

"伢们,要不先进来烤烤火,等风熄了再干?"赵老三并非铁石心肠。

宋望舒摆摆手:"不了,越烤越怕冷哩。我还是赶紧给您画一面漂亮的墙,让您家过一个快乐的年。"说着,继续工作。

赵老三呆立在墙下,又看了一会儿,看得眼睛发酸。想起自己漂泊在外的儿子,心里更酸。他摇摇头,像个酸枣做的人,叹口气进了屋。谁都知道他是个没读过多少书的榆木疙瘩,是个不好惹的刺头儿,但没人知道他心里有时候也是会发酸的,酸得想哭。

风从衣服外穿透进去,钻进人的骨头里。渐渐地,外面的几个人手都僵了,脚尖仿佛要结出两坨冰。

六 坠落

雪还没有落下。要是雪落下来，兴许就不会这么冷了吧？

宋望舒抬头看了看铅灰色的天空，感觉它越来越沉，像要坠到地面了。他扭了扭脖子，往手心里使劲儿哈出一口热气，继续工作。

地面上，宋苇杭和木棉一人扶着一边梯子。风从四面八方冲过来，狠狠地摇晃着木梯。起初，她俩都觉得挺有意思，还暗暗与风较着劲儿。可渐渐地，她俩都感觉不是它的对手了。这可不是闹着玩的，哥哥还骑坐在梯子顶端呢，要是手一松，让那风钻了空子……想到这里，宋苇杭浑身的汗毛都竖起来了。

"抓紧了，木棉！"大风中，宋苇杭喊了一声。

木棉咬着牙，叫道："我怎么感觉这手不是我的啦？我好像抓……抓不住它了！"又一股风袭来，她缩了缩身子，仅剩的一点手劲儿也消失殆尽。

"我也加入你们的队伍吧！"麦冬放下手里的工具，飞快冲了过来。

风更强劲了些。旁边的林子里传来树枝断裂的声音。屋里的赵老三心头一紧，大步走了出来，冲他们喊：

"伢们，这风太邪门了，还是进来歇会儿，等避过风头再画吧！"

"不用啦，赵伯伯，马上就好！"宋望舒笑着回答。

宋望舒双腿发麻，想趁机调整一下位置，可能是用力大了些，也可能是风太大，反正就在那一刻，长腿梯忽然之间来了个九十度翻转，他还没明白是怎么回事，梯子就带着他朝地面俯冲下去。

宋苇杭从来没有感到这么无助过，她想抓住梯子，可根本抓不住，眼睁睁看着梯子轰然落地，看着哥哥被狠狠抛出去，摔倒在地。

木棉和麦冬也吓呆了。

好一会儿后，他们才回过神来。

"哥哥！哥哥……"宋苇杭扑到哥哥身上哭了。

木棉和麦冬也吓得哭起来。

"望舒哥哥，你……你没事吧？"

"望舒哥哥，你不要吓我们啊！"

…………

赵老三大声喊："快，快打120电话！"还不等宋苇杭反应过来，他已经背着宋望舒朝村里的卫生室跑去……

七　消沉

宋望舒总算醒过来了。

不过这已经是第二天的早晨。风吹累了,太阳再次从云层里钻出来,把睢鸠河畔的每一寸土地都烤得暖烘烘的。

宋望舒睁开眼睛,四周是晃眼的白色——白色的床单、被子、枕头、墙壁,连门外走廊里偶尔经过的人也穿着白衣服。

医院?我好像在医院里!我怎么……会在医院里?他不记得发生了什么,一切都还停留在骑着长腿梯画画的瞬间。他想动一动,却发现自己的左腿绑上了硬邦邦的石膏。那条腿似乎不是他的了——笨重得很,就像一截绑在他身体上的条形石头。

"别动！"爸爸轻轻按住了他。爸爸一直守在病房里，整个夜晚都没有合眼，此刻眼睛又红又肿。

妈妈哭了："我的儿啊，你总算醒了，你……你差点把妈吓死。昨天风大，让你别去，你非去……"

爸爸抢过话头："好了，别说了。儿子不是好好的吗？"

"骨头折了，脑壳也破了，还叫好？"妈妈心疼地摸了摸儿子的额头。

"别害怕，儿子，医生说骨折不严重，脑震荡也只是轻微的。吉人自有天相，会好的，一切都会好起来的！"爸爸握了握儿子的手。

"爸，我也不是害怕……只是发愁，那没画完的墙壁怎么办？马上要过年了，我计划画完了再过年呢！"宋望舒转过头，难受地看着窗外的一棵柳树——冬风掠走了它所有的叶子，只剩下瘦巴巴的褐色枝干在无助地颤动。

爸爸望向宋望舒："别太发愁，也许用不了几天就完全好啦，前提是你得好好养着。"

"唉——"宋望舒忍不住叹气。

几天后，宋望舒离开医院，回家养伤。脑子慢慢清透起来，但腿没有好起来的迹象。他想抬，抬不动；想站，站不稳。这让他的胸膛里燃起一团火。他干脆扔下拐杖，命令自己的腿往前走。没想到刚迈出一步，竟"扑通"一声摔倒在地。他的右脸颊被蹭出一道鲜红的血印。更狼狈的是,当他想爬起来时,再次摔了个四仰八叉。这一摔,将他的好脾气和耐性摔了个七零八落。他心里的火焰山"砰"的一声爆炸了,泪水从眼眶里涌出来。

听到动静,宋苇杭从隔壁房间跑过来。

"哥,怎么啦?"她满脸惊愕。

宋望舒不说话,呆愣愣地坐着。

宋苇杭明白了怎么回事。她想了想,安慰道:"别急,会好起来的,妈妈说,伤筋动骨一百天,一百天后你的腿就活蹦乱跳啦!"

"可是我能等到一百天吗?不到半月,我就该到学校去了!"他没好气地说道,继而又捶了一下自己的伤腿,孩子气地骂了一声,"可恶,真是可恶至极!"

宋苇杭被哥哥的表现惊呆了。莫看哥哥平时温柔和善得像只绵羊,如果真发起脾气来,可就变成一头可怕的狮子了。

就在这时候,爸爸进来了。

爸爸好哥们儿似的将一只胳膊搭在哥哥的肩膀上,很洒脱地说:"不就是一条腿挂点彩,暂时没法爬到梯子上画画吗?男子汉大丈夫,犯得着为这点事自暴自弃?来,咱们一起想想办法。只要人是活的,办法就不会死!"

可这次，爸爸的话似乎不起作用。说得倒是轻巧啊，可哪来的办法呢？宋望舒仍呆呆地望着窗外。一只调皮的麻雀落在窗台上，对着他喳喳叫了两声，飞走了。

过了一会儿，爸爸走了，让宋望舒冷静冷静。

就在这时，朱文浩来了。看到昔日生龙活虎的老同学变成这样，朱文浩很难受。但是，他带来了一个令宋望舒意想不到的好消息：赵老三愿意对猪圈和粪池进行改造了，过了年就准备动工。

"据说改造后，猪圈会有自动清洗设备，猪的粪便可以通过管道引流到村里的化粪池集中处理。那样，我们家就不会活在苍蝇和臭气的阴影下了。这都是你的功劳。"朱文浩感激地说。

宋望舒很奇怪："我还没有画完呢，哪儿来的功劳？"

"他说，你在大风里画画的样子特别酷，像他的儿子。知道你画画的原因后，他很愧疚。他还说，如果他早点儿做了环境改造，也许这一切都不会发生……"

朱文浩的嘴一张一合，还在滔滔不绝地说着。宋望舒只觉眼睛发热，泪水涌了出来。这应该是他画壁画以来听到的最好的消息，他突然觉得，哪怕受一些磨难也是值得的。

朱文浩离开时，说了一段令宋望舒十分震惊的话。朱

七 消沉

文浩说:"我很抱歉,上次对你说了那些偏激的话。经过这件事,我想了很多。我打算不出去了,就留在村里,和你一样做些有趣又有意义的事情。我相信,我们的村子会越来越好。"

八　三个臭皮匠

宋苹杭冲出家门,急切地想找麦冬和木棉商量办法。妈妈总说,三个臭皮匠,顶个诸葛亮。她想,没准儿他们三个加在一起,就真成了诸葛亮呢。

麦冬听完宋苹杭的话,说:"我好像听我姑妈说过,镇上有个赤脚医生特别神,只要用手摸摸骨折的地方,那骨头就会嚓嚓地自己长好。要不,让望舒哥哥去那里试一试?"

"这也太夸张了吧!你信吗?"宋苹杭瞪大眼睛望着他,语气里满是怀疑。

"老实说……老实说……"麦冬的舌头像打结的麻线,"我也不太信。"

"那你呢？你信不？"宋苇杭又转向木棉。

木棉眨巴着黑眼睛："如果有，人们生病了就不用去医院了。"

"嗯，说明这个办法不行，我们得另想办法。"

麦冬想了想，又说："望舒哥哥现在这情况，不能爬梯子，也没法站脚手架。咱们可以借个挖土机呀，挖土机不是可以升到半空吗？我们让望舒哥哥坐在铲斗里，把挖土机靠近墙壁，让它的动臂慢慢往上抬，再固定在一个合适的点上，望舒哥的胳膊就可以够到墙壁画画了。对了，我么爹就是干这行的！"

宋苇杭的脑袋摇得像拨浪鼓："不行不行，那玩意儿太可怕了，要是把我哥再给摔下来，可就糟了！"她想起挖土机工作时那咔咔的声响和铲斗上那一排锋利的铁齿，就忍不住打哆嗦。

木棉说："其实，我觉得这个办法挺好的。如果挖土机司机操作技术熟练，就不会有太大危险。"

尽管如此，宋苇杭还是果断地摇摇头："我只有一个哥哥，我哥哥已经受伤了，我不能让他二次受伤，我们不能再冒一点点险！"

麦冬吐吐舌头："真矫情。好了好了，我的办法都不行，你倒是想个办法呀！"

宋苇杭一时真想不出办法，否则她也不会来找这两个臭皮匠了。

木棉说："我倒是有一个办法。"

"快说快说！"宋苇杭和麦冬几乎同时叫道。

"把望舒哥哥的画稿给麦冬，由麦冬画到墙上去。麦冬当主力，我和苇杭当助手，我们共同把剩下的壁画画完，怎么样？"木棉一字一顿地说，黑眼睛里发出兴奋的光。

麦冬一听，像被电流击中了似的跳起来，尖着嗓子叫道："啊——这算什么办法，我……你……你这不是害我吗？"

可是，宋苇杭一拍双手，高兴地说："好办法，就这么办！"

"没搞错吧？你哥是什么水平？我是什么水平？一个小徒弟能代替师父？这是能代替的事情吗？"麦冬急得叽里呱啦地大叫——虽然他也梦想有一天能像望舒哥哥一样在墙壁上潇洒地挥舞画笔，可绝对不是现在！

宋苇杭嘎嘎地大笑起来："别这么夸张，好不好？婆婆妈妈的，拿出点男子汉的英勇气概。"

木棉跟着咻咻地笑。

"我罢工，我宣布罢工！"

"行了，就这样定了。等我回家做好我哥的思想工作，再来约你们。"宋苇杭像个说一不二的女将军,挥挥手,风一样走了。

"这不是一个很好的锻炼机会吗?有什么可怕的。如果我会画,我也想画呢。"木棉说完,也走了。

麦冬像根木桩似的杵在原地。几分钟后,他忽地想起妈妈常常挂在嘴边的一句话:"天将降大任于斯人也,必先苦其心志,劳其筋骨……"

莫非天将降大任于我了?

这样一想,他不怕了。

宋苇杭喜洋洋地回了家。她顾不得喝口水,径直跑到哥哥房间,把她和小伙伴商定的办法说出来。她满以为哥哥听了,会非常满意,谁知,宋望舒却皱了皱眉。

"小杭,你们的点子很好,哥也不是不相信你们,只是觉得,这是我的梦想。梦想意味着追求和坚持,所以不到万不得已,不能把梦想随便交给别人。那样,我会瞧不起自己……"

"哥,你就考虑下我说的办法呗。"宋苇杭说,"虽然不是你亲自画到墙上,但好歹也是用你的画作范本嘛。"

宋望舒犹豫着。

宋苇杭趁热打铁:"你想想,这样是不是会让麦冬的画功更厉害?你不是一直希望他有进步吗?"

宋望舒的心头"叮咚"一声，眉头舒展开来。的确如此，我怎么没想到这点呢？"行，听你的，就这么办。"这一刻，他对妹妹刮目相看。

见哥哥采纳了自己的意见，宋苇杭高兴地哼着歌出了门。她约上木棉，带着画稿去找麦冬。麦冬看了看纸上的画，沉吟许久，忽然拔腿往外跑。

"喂，你去哪里？"木棉以为他要当逃兵。

"赵伯伯家屋后的竹园。"

"去那里干吗？"木棉追问。

麦冬不答，只顾着跑。

原来，宋望舒的画稿上是一片竹园，这让麦冬产生了去竹园采风的冲动。

"为什么要去那儿采风？照着我哥的画稿画，不就行了吗？"宋苇杭觉得他多此一举。

麦冬扭过头："灵感，你明白吗？画画是需要灵感的。"说着，他继续跑。

宋苇杭和木棉只好追着他跑。

他们一口气跑进竹园里。这儿离猪场不远。

虽然已是寒冬，但这里的竹子依然葱葱茏茏。在阳光的照射下，每一片竹叶都绿得发亮。儿时的记忆雨雾般飘来，笼罩了麦冬狂跳的心。他想起第一次发现有关生命的秘密便是在这个竹园。那是一个春天的早晨，五岁的他看见好些小小的竹笋从土里拱出来，像一个个小小的黑塔。不几天，这些黑塔便蹿得老高，伴随着春风，带毛的铠甲一片片脱掉，露出翠绿的竹节，上面错落有致地生出稀疏的细叶，像绿尾天蚕蛾的翅膀在风里微微颤动。麦冬屏住呼吸，目不转睛地看着，生怕惊动了它们。这是个非常奇妙的过程，在这个过程中，他看到了生命的蜕变过程。此刻，虽然看不到这个仪式过程，但满眼绿意和幽幽竹香，让他再次感受到生命的力量。这是一股从竹节深处爆发的力量，他也需要这股力量。

这天下午，三个小伙伴从家里搬来画具。

爸爸托人弄来一台移动式升降梯，麦冬爬了上去，准备创作。升降梯比梯子安全许多，宋苇杭想，要是当初有它，哥哥或许就不会摔伤。

麦冬看着面前的墙壁，心里有点发怵。要是画毁了怎么办？他的笔刚要落下去，这个问题就从脑子里蹦出来。他犹豫着，紧张地寻找落笔点，可笔尖来回颤动，好一会儿无法确定位置。

"别怕，带着信心去画，用情去画，你一定能画好的。"

一个有力的声音在麦冬耳畔响起。麦冬低头一看，只见望舒哥哥坐着轮椅来了，正用期待的眼神望着自己呢。

"相信自己,加油!"木棉和宋苇杭也不约而同地喊道。

麦冬的身体里,涌起一股竹子拔节的力量。他点点头,深吸一口气,悬在半空的笔尖终于落到墙壁上。

渐渐地,笔直的竹干、纤细的竹枝和玲珑精致的竹叶,一点一点从他的笔尖长出来。一棵,两棵,三棵……而趴在墙头晒太阳的苍蝇们似乎被这些竹子震慑住了,一阵乱飞,躲到角落里去了。

这时候,两个小助手也没闲着。宋苇杭负责调色,她学着哥哥的样子,将各种颜料和水按照一定的比例调和,送到麦冬面前;木棉负责递画具,她像个为主刀大夫服务的护士,把每个过程需要的工具准确无误地递上。有时候,她俩也会见缝插针地帮他描几片叶子……

宋望舒静静地看着这一幕,心里热热的。

赵老三从猪圈旁的小屋里走出来。看到忙碌的孩子们,他心里的愧疚堆积得更浓稠了——连小孩们也在为这儿的环境努力,可自己这老家伙还拖着后腿。看来不能再拖了,猪场改造得尽快动工才好。如果能干干净净、漂漂亮亮地过年,不是更好吗?

画完最后一棵竹子,麦冬长长地舒出一口气。他看着墙上的画,久久地看着,眼眶里有了薄薄的泪水。他不敢相信自己能够在这么大的墙壁上画一幅这么大的画,感觉自己就像一棵竹笋,掀开笋壳,长出嫩绿的枝叶。

木棉看着墙上的画,欢快地叫道:"啊,太好了,麦冬,你的临摹水平越来越高了!"

"是呀,都可以以假乱真了。"宋苇杭附和着,"不知道的还以为是我哥画上去的呢。"

"这叫青出于蓝而胜于蓝。"宋望舒竖起大拇指,连声称赞。

麦冬被夸得不好意思了,但心里有一只喜鹊在快活地飞着,飞着。

九　孙叔叔的"魔法"

壁画完成的第二天，孙叔叔被请到了猪场。

刚到现场，他的目光便被墙上的画吸引了。

"是望舒画的吗？"他指着墙壁问。

赵老三摇摇头："不，望舒的腿摔伤了，是经常跟着他的一个小娃画的。"

孙叔叔立马猜到是谁了。他心中一喜，看来古人说"近朱者赤，近墨者黑"是有道理的。他还想欣赏一会儿，赵老三急不可耐地指着粪池说："咱们得抓紧时间，首先要解决猪粪的问题。"

孙叔叔将猪场里里外外查看了一遍，摇摇头："不光是猪粪的问题，还有猪的生存环境、空气污染等问题。你瞧，圈里没有及时清洗，猪无处安身。它们要是能说话，早就骂人了。圈外的粪池没有处理，外渗严重，污染的不仅仅是这里的人工河，还有这里的土地和地下河，影响到整个水系。"

"那要怎么办呢？是不是要花很多钱？"赵老三的神经绷紧了——毕竟一个规模不算大的养殖场，能赚到的钱并不多。

"放心，不会花太多。我尽量用一千元给你办一万元的事。至于设备，我会考虑用最低成本。"说这句话时，孙叔叔已经做好了倒贴的准备——对他来说，成功改造一个猪圈，让其成为农村环保的样板工程，比什么都重要。只有这样，其他养殖户才会效仿，这块土地上的生态才能真正改善。

"行，这事就交给你了。"赵老三紧张的神经立马松弛下来。

孙小华开始紧锣密鼓地为工程做准备。先是制订改造方案，再是测量尺寸，接着是订购设备、采集原材料等。

待一切准备就绪，赵老三暂时将猪转移到临时搭建的木棚里，孙叔叔便带着工人们正式动工了。

之前每个猪圈都有几个窗子，通风良好，但圈里仍旧臭烘烘的。因为地面上堆满猪粪，没有及时清洗，猪身上也沾满了粪便。孙叔叔指挥工人们把粪便清理干净,整体消毒,并在猪圈地面铺设了玻璃钢格栅漏粪板。这样,猪的排泄物就能通过隔离网落到下方的接粪板上,猪就避免了与粪便的直接接触。为了保证圈内卫生,他又加设了冲洗设备。赵老三看了,脸上的每一道皱纹里都挤满了笑容。

孙叔叔跟赵老三说这些专业知识的时候,赵老三的脑袋突突突地膨胀起来——对于他来说,想要听懂这些专业知识,真是太难了。他摆摆手:"别跟我说这些,你怎么想就怎么弄。"他知道孙叔叔是这方面的专家,还获过国际奖项,这个工程交给孙叔叔,他百分百放心。

于是,孙叔叔和他的工人们就大刀阔斧地干起来。

听说孙叔叔在改造赵伯伯的猪场,宋望舒和他的小伙伴们都高兴坏了。他们知道,这一天早晚会来,但没想到会来得这么快。

"走,我们也去那儿瞧瞧。"宋望舒兴致勃勃。

于是,宋苇杭用轮椅推着哥哥,和小伙伴一起去了赵老三的猪场。

起初,他们只是看到孙叔叔指挥工人们在猪圈外的墙根下安装一个长方形的机器,却不知道是干什么用的。

"它的名字叫异位发酵床,专门用来发酵猪粪尿。"孙叔叔说着,轻轻按了一下旁边的按钮。

九　孙叔叔的「魔法」

只听"嗖"的一声，里面弹出一个巨大的"抽屉"，就像变魔法似的，让小伙伴们目瞪口呆。

"猪粪会透过隔离网落到它里面，并通过滤网实现干湿分离。"说着，他又按了另一个按钮，这个像大抽屉一样的东西便缓缓翻转，呈现出倾倒的姿势。

"这是要把粪便倒出来吗？"宋苇杭好奇地问。

孙叔叔笑呵呵地说："没错，发酵好的干粪是上好的有机肥，可以直接用来给农田施肥。液态粪可以通过封闭管道流入下面的化粪池。"

这时候，大家才注意到发酵床下方还藏着一个管道，正对着化粪池。

"哇，太高级了！"

在大家的惊呼声中，孙叔叔再次按下一个按钮，"大抽屉"缓缓复位，然后"嗖"地一下弹进去了。

宋望舒的眼睛溢满惊喜："孙叔叔，你这是采用的最先进的环保设备吧！"

"嗯嗯，这是臭气治理提升的重要环节，在国内的发展已很成熟了。"孙叔叔望了一眼附近的农舍，意味深长地说，"其实，农村的老式猪舍如果都能改造一下，环境会大不一样。只是，打破传统需要时间和勇气，人们的意识也要慢慢扭转……"

"会的，会转过来的。"宋望舒信心百倍。

正说着，几个村民往这边走过来。听说赵老三在改造猪圈，大家都想看看热闹。

在人们惊讶又困惑的目光中，孙叔叔和工人们一起给化粪池做了防渗处理，然后又将一个硕大的盖子抬过来，扣在化粪池上。盖子的尺寸刚刚好，下方拢着一层墨绿色的膜，盖在池子上十分严实。这下，粪池的臭味被封住了。

大家都以为，接下来会在化粪池下埋管道，以便将猪粪尿引流到村里的大化粪池集中处理，没想到孙叔叔却在盖子上方预留的小孔里，埋进一根细细长长的管子。

这是要干吗呢？

见众人满脸疑惑，孙叔叔幽默地说："粪便在无氧环境里充分发酵后，会产生沼气，沼气喜欢往上飘，所以要在上方给它安装管道啊，不然它们长久地挤压在一块儿，会憋得发疯。"

哦，原来孙叔叔压根没想把猪粪尿引走，而是要充分利用它。

赵老三喜笑颜开："那我以后就可以用沼气炖火锅、做饭了吧？"

孙叔叔哈哈大笑："不光是炖火锅、做饭，还可以用来照明、取暖。如果需要，你还可以将里面的沼液肥引流到你的农田里,喷洒庄稼。经过高温腐熟的液态粪可是上好的有机肥,无菌、无毒、无虫卵。"

宋望舒惊喜交加:"这么说,你这是把污染源头变成了能源基地啊。"

"哈哈,可以这么说,我的理念是变废为宝、绿色循环嘛。"

赵老三更乐和了:"早知这样,我就不让那些猪粪白白流到人工河里了。"

说起"人工河",宋望舒的心猛一沉。他转动轮椅,看向那条河——里面黑漆漆的,就像一条死去的大黑鱼,弥漫着腥臭。唉,它什么时候能得到拯救呢?如果孙叔叔能把它治理一下,该多好啊!可这是我们村的河,不是他们村的,他会管吗?

宋望舒胡乱地想着。没想到,就在他收回目光的瞬间,孙叔叔的目光和他的目光相遇了。在短暂的碰撞中,他感觉到那条"黑河"也牵动了孙叔叔的心。

接下来是构建生物除臭墙。

孙叔叔沿着化粪池画出一条直线,工人们便开始砌墙、粉刷。不久,一堵两米来高的墙巍然挺立,像一道屏障,挡在了化粪池跟前。

为什么要建一堵这样的墙呢?众人不解。

孙叔叔说:"当化粪池的盖子被打开,风把气味往外吹时,这堵墙就能把臭味往回挡住,不让它乱跑。"

接下来,孙叔叔还在墙上安装了管道和许许多多的喷头。这些喷头像一群交头接耳的麻雀,似乎密谋着什么。

麦冬扬起脑袋,看着那些喷头,问:"孙叔叔,这些东西又是干什么的呢?"

这也是木棉和宋苇杭心里的困惑,她们一起看向孙叔叔,希望他快点说出答案。

孙叔叔笑了,故意卖了个关子:"它们呀,可是会变魔法的哦。耐心等待一会儿,准能惊掉你们的下巴。"

什么?还会变魔法?

这下,大家都屏息凝视,生怕错过了精彩瞬间。

孙叔叔走到墙的背后捣鼓了一会儿,然后按下开关。顿时,墙体上方的数十个喷头同时打开,喷出一团团雾气。迷蒙的雾气在人们头顶缭绕,将这儿变成了梦幻般的仙境。

"哇——"大家齐声尖叫起来。

满头雾水的宋望舒问:"孙叔叔,你不是要在这样的地方造景吧?"

"当然不是。这儿又不是旅游胜地。"孙叔叔调皮地挤了挤眼睛,"如果只是制造一般的雾,也不叫魔法嘛。闻闻,你们使劲儿闻闻,还能闻到什么味儿吗?"

九　孙叔叔的「魔法」

大家都像小狗一样，用力翕动鼻翼。

很快，大家便惊奇地发现，空气中的臭味已无影无踪。

难道这些管道和喷头里真的藏了什么魔法？

孙叔叔拿出一瓶液体，说："瞧，魔法在这儿呢。它叫生物除臭剂，用水稀释后，提前注入管道，被喷出时能够准确捕捉臭气因子，与之融合，并迅速沉落。"

人群里爆发出阵阵欢叫声。所有人，包括来这里看热闹的村民都被眼前的景象惊呆了。

一个穿着花棉袄的老婆婆说："我活了一把年纪，还没见过这样的架势。什么时候去我那儿，也给我的猪圈改造改造？"

孙叔叔高兴地说："过了年就去。您看行不？"

老婆婆连声说："行，行，我等着你。"

宋苇杭望着光溜溜的生物除臭墙，突发奇想："我可以在这面墙上画些画吗？"

"当然可以啊，不过要赵伯伯同意才行。"孙叔叔边回答边摁下喷头开关。瞬间，雾气消失了。

赵老三接过话茬儿："你想画就画啊，这下，连这化粪池也要变成景点喽。"

大家都哈哈大笑。

宋苇杭却没有笑，她一本正经地在脑子里构思着画面，心里想着：这次我一定要独立完成一幅壁画，让大家也见识我的厉害。

这时候，村主任来了。他把整个猪场看了一遍，然后快步走过来，紧紧握住孙叔叔的手。这个猪场是村里最大的难题，他一直为此头疼，没想到就这么解决了。

"如果可以，请帮助我们把这条人工河也治理一下吧。人力、财力、物力上，我们全力配合。"村主任真诚地说。

"不瞒您说，我刚才已经在酝酿治理方案了。"孙叔叔微微一笑。他简单说了他的想法：必须先清淤排污，再进行湿地修复和保护，包括水生物重建和岸边植被修复等。

听到这些，村主任频频点头。

"除了这儿，我还打算把雎鸠河和附近的池塘也治理一下。想让这块土地彻底改观，就不能忽略任何一个角落，其实它们都是相通的。"孙叔叔补充。

人群欢呼起来。

"如果缺人手，我愿意出点力。"富贵大叔从人群里钻出来。

"我也可以搭把手。"另一个村民说。

"还有我。"

…………

这天晚上，宋苇杭做了一个梦：孙叔叔举着魔法棒，轻轻一挥,水变清了,鱼儿在快乐地嬉戏。再一挥,岸边长出了野草,开出了野花。她把这迷人的景色画到了猪圈后的那堵墙上……

梦醒后,她笑了。她知道,这不仅仅是一个梦。

十　童话草莓园

猪圈改造工程结束后，孙叔叔再次走到麦冬画的那幅壁画下。

他久久地看着，仿佛置身于儿时的竹园。直到宋望舒在身后叫他，他才如梦初醒。

"徒弟画得不赖，师父画得肯定更好。走，带我去转转，看看你们这独一无二的'壁画'村。"孙叔叔说着，推着宋望舒的轮椅往前走去。其实，他一直想来这儿看看，只是被一桩又一桩事缠住了腿脚。

宋苇杭一见，对着伙伴们挤挤眼睛，大家就心照不宣地跟上了孙叔叔的步伐。

所过之处，一片绚丽。

每座房子上都有不同的画。芦苇林里的鸟儿，路边的仙樱花、百日草，农田里的油菜、稻子、豌豆、玉米、棉花……这些寻常风物一旦经过艺术加工，再和周围的环境和谐搭配，便有了几分高雅的气质和别致的韵味。它们让这个原本平凡的村庄忽然间多了不平凡的意味，也让这个萧条的冬天多了几分温暖和热闹。

孙叔叔很快被这些画吸引了。他走到这面墙旁看看，又来到那面墙边望望，目光在那些画上来回游移，还掏出手机"咔嚓咔嚓"地拍着。

"我一直很纳闷，赵老三怎么忽然转变了，现在我似乎明白了。"孙叔叔站在一幅壁画前若有所思。

"为什么呢？"宋苇杭好奇地问。

"因为这些壁画啊，艺术的力量是强大的，有时候它可以改造一个人的灵魂。"

"所以我打算一直一直地画下去，就像望舒哥哥一样。"麦冬扬起脑袋，眼神里充满了坚定。

"我也一样。"宋苇杭挺了挺胸膛。就在昨天，她已成功地在那堵生物除臭墙背面画下了她人生中第一幅壁画。

木棉想了想，小声说："我可能会学着把画画到其他地方。"是的，她想把画画到书签上、茶壶上、枕头上，或者其他小物件上。不久前，她鼓起勇气给妈妈寄去了她做的绒布吊坠，上面画了他们家的西瓜地——望舒哥哥说，好的画能唤回重要的东西，她希望能唤回妈妈。

路过嘎嘎桥时，仙樱花树正在冬风里摇曳，虽然只剩下灰褐色的枝干，但小小的芽挤满枝头。宋望舒忽然发现，凤英婶婶家田头那棵缺失的树苗不知什么时候给补上了，这让他心头一颤，心里暖暖的。

临别时，孙叔叔满面春风地说："我打算将这里的画搬到我的园子里，你们同意吗？"

宋望舒一愣："搬到园子里？怎么搬？"

"用一种你们意想不到的方式，说出来就不好玩了！"孙叔叔故作神秘地眨眨眼睛。

这下，三个小伙伴的好奇心像气球一样鼓起，简直要爆炸了。

"说嘛，说嘛，孙叔叔，怎么搬？"几个人扯着孙叔叔的衣角不放。

可是，任凭几个人怎么闹腾，孙叔叔都把嘴封得严严实实。

走到嘎嘎桥上，孙叔叔扭头喊道："过几天我邀请你们来参观！"

几个人都愣在原地，不知道孙叔叔会给他们怎样一个

"突然袭击"。

孙叔叔说话算话，没多久，就打来了邀请电话。

那天，宋望舒坐上轮椅，约上小伙伴，一起去了七星生态园。

他们满园子里找来找去，却没有发现那些画被搬来的迹象。

难道孙叔叔在故意逗弄我们？

不，不可能。他不是这样的人。

宋苇杭越想越急，干脆扯着嗓门喊起来："孙叔叔，孙叔叔！"

喊声嘹亮，把园子里的几只雀儿吓慌了神。

麦冬也喊起来："我们来了，孙叔叔，你在哪儿？"

一个细眉细眼的阿姨从长廊尽头走过来，轻声说道："他在草莓园等着你们呢，走，我带你们过去。"

啊，草莓园？大家都感到意外。

穿过挂满唐诗宋词木牌的小路，再越过一条宽阔的柏油马路，眼前出现了一座又一座高大的玻璃房子。

"马上就到了。"阿姨指着玻璃房子说。

"啊，难道这里面就是草莓园？"宋苇杭惊讶地问。在她看来，草莓要么天为帐地为床地长在地面，要么生活在塑料大棚里，像这样住在玻璃房子里，也太奢侈了吧？

"没错，里面就是我们的草莓园，也是生态园的一部分，是你们孙叔叔新开辟的园子，引进的是欧洲智能农业设备。"

麦冬和木棉睁大眼睛，加快步伐往里走。宋望舒被妹妹推着，走在后面。

进了玻璃房，他们才发现，这是一个明亮而宽阔的阳光房，大约有两千多平方米。房子里有好多好多箱子，有的立在地上，有的悬在空中，被一个个桥架连起来，错落有致地排列着，看起来就像层层叠叠的摇篮。"摇篮"里躺着好多好多草莓。这些草莓被碧绿的萼片包裹着，像一个个婴儿，惹人怜爱。令人惊讶的是，这些草莓不只有红色的，还有白色的、粉色的、黑色的……他们只见过红草莓，哪里见过这样的草莓？一时间，大家都惊得说不出话来。

更令人惊讶的是，草莓居住的箱子里居然没有土，只有水。

水里也可以长草莓吗？可是，一簇簇绿叶间分明缀着白色的草莓花、饱满的草莓果子。

这时候，孙叔叔从玻璃房的另一端快步走过来。

性急的宋苇杭连忙按下自己的问题按钮："孙叔叔，草莓不是应该都长在泥土里吗？怎么会长在水里？"

"我们的草莓采用的是现代化生态种植模式，虽然离开了土壤，但水肥一体的环境可以让它生长得更好啊。这些水肥来自附近的养殖场，经过高温杀菌、杀虫、充分腐熟的沼液肥是上好的有机肥，可以让草莓们远离虫害和病毒。"孙叔叔回答。

几个小伙伴止不住惊叹。

紧接着，孙叔叔拿出手机，开始展示他的高科技。

他用手指轻轻一滑，手机屏上便出现智能种植界面，他点了其中一个按钮，瞬间，阳光房四面玻璃墙上的换气扇同时打开，呼呼的风声不绝于耳，就像一个无形的巨人在对着里面吹气。

"这是在给草莓通风，它们跟人一样，只有呼吸到新鲜的空气，才会健康快乐地生长。"孙叔叔说。

每个人都屏住呼吸，盯着换气扇。上百个大换气扇整齐地镶嵌在玻璃房四壁上，一个挨一个，一起旋转时，场面蔚为壮观。

孙叔叔又点了另一个按钮。

房顶上出现了一团团喷雾，雾气自上而下，在玻璃房里萦绕。一个个草莓便水灵灵的，宛如在仙境中沐浴的仙女。

"虽然生活在水肥里，但它们的叶片仍需要定时添加水分和养料。"孙叔叔一边解说，一边继续点击按钮。

这时候,桥架像一个个秋千,带着一排排"摇篮"缓缓沉落。里面的草莓近在咫尺,明亮的色彩和芬芳又一次惊艳了大家。宋苇杭的口水都快流出来了,又悄悄咽了回去。

"想不想吃?想吃,就赶紧摘吧。"孙叔叔笑眯眯地说。

其他人还愣在原地,宋苇杭已经迫不及待地摘了一颗。她刚要放进嘴里,宋望舒大喊一声:"不洗就吃啊?小心肚子疼!"

孙叔叔哈哈大笑:"我这里的草莓还真不用洗。吃吧,没事。"说着,他带头吃了一颗。

每个人都很惊讶,为什么不用洗呢?平时买的水果不都是要先洗干净再吃吗?

"不用农药,不施无机肥料,没有虫子的健康草莓,为什么要洗呢?"孙叔叔说着,也摘下一颗放进嘴里,津津有味地吃着。

大家肚里的馋虫被勾了出来,赶紧摘了吃。这些草莓的味道跟市场上卖的大不相同,一个个汁水四溢、香甜可口,就像粘了奶油,又滑又嫩。宋望舒一边吃一边想,如果凤英婶婶的葡萄园也能采用这样的种植模式,就可以彻底告别农药了,也许这是今后农业的发展趋势。

"这儿的草莓都有自己的名字呢。"孙叔叔说着，开始挨着介绍。

从他的讲述里，大家知道了白色的草莓叫"白雪公主"，红色大个儿的叫"章姬"，小个儿的叫"红颜"，黑色的叫"真红美玲"。除此之外，还有"红玉""苹果"等。

这些名字真有趣，让人忍不住挨个品尝一番。

可这些跟壁画有什么关系呢？难道那天孙叔叔说要把画搬到他的园子里，只是一句玩笑话？宋望舒看着满园的草莓，暗暗揣测。

"还有个更有趣的地方，一会儿我带你们去看看。"孙叔叔似乎看穿了宋望舒的心思。

小伙伴都开心至极。对于他们来说，这个草莓园已足以令他们大开眼界，还有更有趣的？那会是什么呢？

饱饱地吃了一顿草莓后，孙叔叔带着他们往草莓园的中心地带走去。

这儿有一个宽阔明亮的大厅，里面陈列着各种植物种子和种植技术蓝本，还有一台电脑和一个投影仪。

"小家伙们，做好心理准备，睁大眼睛哦！"孙叔叔对着大家做了个鬼脸。

这句话将大家的兴致迅速吊起，一个个目不转睛地盯着他。

只见孙叔叔快步走向电脑,移动鼠标,点击了几下,然后"啪"的一声,打开了投影仪开关。

刹那间,大厅的地板、四壁和天花板都被一幅缤纷的画覆盖了。

啊,是宋望舒画在文化长廊里的那幅扇子画,上面画着雎鸠河的四季美景!但跟之前的画截然不同。现在的小河竟脱离了墙面,轻轻地流淌着,伴随着水流声,似乎要流到面前。岸边的紫云英、蒲公英已然挣脱了束缚,浮荡在空中悠然绽放。柳树也呼之欲出,长辫子甩啊甩,甩到了小伙伴的胳膊旁,好像一伸手就可以抓到……画面在眼前旋转,从春天到夏天,再到秋天和冬天,然后又切换到新的画面——稻田、鸟儿、芦苇、荷塘、树林……它们是动态的、立体的、活脱脱的,就好像一群冬眠的生物猝然间从春天苏醒。

大家都怔怔地看着这一切,好像置身于童话世界。他们试图和鸟儿说话,和鱼儿嬉戏,又想摘下一朵花,或是折下一根柳枝。但是,当他们伸出手去,那些鸟儿飞走了,那些鱼儿游开了,那些花儿和枝条都飘到了别处。天啊,他们的魂儿仿佛跟着这些奇妙的物体飞走了。宋苇杭追着流转的画面,又蹦又跳,险些摔倒;麦冬呼呼喘着粗气,趴到了墙壁上;木棉扯开嗓门,尖叫起来……

最先清醒过来的是宋望舒。他激动地问："孙叔叔，你是采用了 3D 全息投影仪，对吗？"

孙叔叔点点头："用这种投影仪投影出来的画，是不是更生动？"

"当然，比我想象得更神奇。我没想到，那些画还能用这种形式展现出来。"

"我特意去买了这种投影仪，就想让你的壁画得到更完美的展示。"

"谢谢你，孙叔叔……"宋望舒心里热流汹涌，眼角湿了。

"别谢我，是你的画太棒了。它们值得我去这么做。"孙叔叔站在大厅中央，河流环绕着他，鸟儿依偎着他，他像一个从睢鸠河深处走来的人。

"你为什么要把它放在草莓园中央呢？"麦冬好奇地问。

孙叔叔笑了："很简单啊，草莓园是整个生态园的精髓，我想让所有来这儿的人，都能在绿色生态循环种植中感受到大自然的美好，也想让他们明白，好的生态才能让一方水土结出真正绿色的果实。只有人们都明白了，一切才会更好啊。"

宋望舒细细咀嚼着孙叔叔的话，心想：难怪孙叔叔能成功将这块荒芜、贫瘠又被污染过的土地改造成现在的样子，他的心胸、头脑和常人真不一样。

透过玻璃窗，宋望舒看到大片的草莓茁壮生长，阳光将每一片绿叶、每一朵小花、每一个果子都映照得晶莹透亮。他忽然觉得整个世界都亮起来了。他的心亮起来了，画也亮起来了。

回去的路上，宋望舒的脑子里冒出一个新的念头。

"我有个计划，你们想听吗？"

宋苇杭努努嘴："哥，你的计划可真够多的！"

"望舒哥哥，别卖关子，快说吧。"麦冬催促。

"对，望舒哥哥，快说快说。"木棉也附和着。

宋望舒的声音缓缓响起："下个寒暑假和下下个寒暑假，我想继续画壁画。我打算画到隔壁的村子和隔壁的隔壁的村子，以及更远的村子去。我想把我们全镇的村子都画上壁画，那样我们的小镇就变成了壁画镇。你们觉得如何？"

"哇！了不起的计划！到时候，我们也要画！"麦冬拍手欢呼。

"哥，你不会还想把我们全县的墙壁都画上画吧？"宋苇杭浮想联翩。

宋望舒推推眼镜，抿嘴一笑："也不是没有这种可能哦。"

　　此刻，宋望舒并不知道他的画究竟能给这个世界带来什么，但他深信不疑的是——这些画儿终究会变成树木的根系、花朵的种子、草尖上的露珠、河流中的水滴……会在这块土地上，长出新的东西。